纂錄下

閻百詩　一世宗在潛邸時手書延至京師賜坐呼先生索觀所著書每進一篇未嘗不稱善疾亟請移就外留之不可乃以大牀爲輿上施靑紗帳廿八舁之移居城外卒年六十有九世宗遣官經紀其喪製詩文輓之時康熙四十年

胡朏明　康熙己卯遊京師禮部尚書李振裕侍講學士查昇皆以爲當代儒宗未幾歸昇供奉內廷以禹貢錐指進上覽而嘉之問年籍對曰浙江人六十餘歲禮部侍郎胡會恩之叔也四十二年南巡渭獻平成頌有詔嘉獎召至南書房直廬賜饌御書扇扁賜之五十三年卒年八十二

黃子鴻儀　顧景范祖禹　閻百詩見子鴻所爲水經圖嘆酈道元知己景范著讀史方輿紀要梅定九歷算全書李淸南北史合抄世稱三大奇書

張稷若　顧亭林曰獨精三禮卓然經師吾不如張稷若

馬宛斯驌一字驄御鄒平人　著繹史人稱馬三代顧亭林謂必傳之作仁皇帝南巡至蘇州命大學士張玉書購驌所著書明年命賫白金二百至鄒平購板入內府



惠元龍周惕吳縣人子士奇字天牧一字半農孫棟字定宇　半農生父研溪先生夢楊文貞來遂以文貞之名命之經史百家畧能暗誦嘗客座宴會誦封禪書盡卷不遺一字督學廣東謂文翁教蜀其後司馬相如王褒嚴遵楊雄相繼而起漢之蜀今之粵也乃毅然以經學倡旣去粵人設木主配食先賢廣州于三賢祠惠州于東坡祠潮州于昌黎祠粵人蘇珥羅天尺何夢瑤陳海六時稱惠門四子所居有紅豆枯而復生半農爲紅豆詞十首和者二百餘人因自號紅豆主人鄉人目研溪曰老紅豆半農曰紅豆定宇曰小紅豆定宇半農次子也乾隆十五年詔舉經明行修之士尹文端繼善黃文襄廷桂未識面交章薦

沈果堂彤吳江縣諸生　應博學鴻詞科以奏賦至夜半不及成詩不入選以修三禮及大清一統志議敘九品不仕遂終吳門窮經尤邃於禮有儀禮小疏

余古農蕭客吳縣人　以盲教授鄉里人稱盲先生著有經解鉤沈戴東原曰是書有鉤而未沈者有沈而未鉤者

江艮庭聲吳縣人　王西莊蘭泉畢秋帆皆重之嘉慶元年舉孝廉方正弟子元

和顧廣圻長洲徐頲最知名廣圻字千里頲字逑卿甘泉江藩字子屏
褚搢升寅亮長洲人著議禮管見駁敖繼公又精天文歷算與錢辛楣友善
王鳳喈嘉定人遊蘇州時沈文恪公致仕英雋多從之遊鳳喈與王蘭泉錢辛
楣吳企晉曹仁虎趙文哲黃文蓮相唱和文慤以爲不下嘉靖七子又與惠松
厓講經以漢儒爲宗乾隆廿三年充福建正考官以妄用驛馬被劾尋丁艱歸
遂不復仕有蛾術編卒年七十有八弟子有嘉定金樸園名曰追又稱李賡芸
贊士璣
錢曉徵　高宗南巡獻賦行在召試舉人以內閣中書補用後洊至少詹淡名
利嘗謂官至四品可以歸田丁艱不復出嘉慶四年上問曉徵家居狀朝貴寓
書敦勸入都婉言謝九年卒年七十七有廿二史考異補元史元詩紀事戴東
原謂當代學者吾以曉徵爲第二人蓋以第一人自居也弟大昭字晦之著後
漢補表舉嘉慶元年孝廉方正從子塘坫塘著史記三書釋疑于律歷天官究
其原本淮南天文訓補注坫字獻之嘗注史記松筠問疾獻之以史記注付之



松公爲伊犁將軍錄稿寄原稿還獻之
王蘭泉青浦人　沈文慤選蘭泉及王光祿鳳喈吳舍人企晉錢少詹曉徵贈光
祿趙升之曹學士來殷上海黃芳亭泌陽令文蓮詩爲吳中七子流傳日本大
學頭默眞迦見之附番舶上書于沈公人寄相憶詩官刑部郎中坐事罷職從
阿文成桂征緬甸爲傳經略恒草檄受緬酋懵駁之降文成罷溫福代之奏留
先生佐之會小金川事起溫福移師四川奏以先生行復授吏部主事卅七年
阿文成爲參贊先生建策襲破賊柵尋擢員外郎卅九年詔遣使赴軍知軍牘
皆先生一人上嘉之有旨垂問擢郎中從征九年凱旋授鴻臚寺卿軍機處行
走四十九年授西安按察使未抵任適回民阿渾攻破西安乃至長武守禦上
命阿桂福康安海蘭察從山西來復興從河南莽古賚從寧夏阿拉善王旺親
班巴爾統蒙古兵皆會討平之先生草檄飛書無一遺誤有旨嘉奬五十四年
由江西布政使入爲刑部侍郎以萬壽晉封一品旋病歸以上垂問再至
鑒其老病令致仕六十年與千叟宴初在京時與朱笥河有南王北朱

十三卒

朱竹君大興人　京兆尹武進蔣炳邀劉文定綸程文恭景伊錢文敏維城莊侍郎存與及其弟學士培因設筵招竹君與文正兄弟飲試以崑田雙玉歌詩成諸公歎賞於是京師有競爽之目乾隆庚寅視學安徽刻說文序之以教士時詔求遺書先生請以永樂大典中古書今僅存者選擇寫定著錄于是命纂四庫全書於永樂大典採輯逸書五百餘部刊布海內纂修日下舊聞總裁苦往復之煩欲先生就見先生執翰林故事總裁纂修相見于館無往見禮總裁為上言朱筠纂修不勤上不罪也所得士如陸錫熊程晉芳任大椿興化人　龍溪李威偃師武億全椒吳鼒皆知名戴震汪中好雌黃在先生幕中無閒言陽湖孫星衍以不見為恨介洪亮吉請遂執弟子禮先生提唱風雅振拔寒微有廣廈千間之槩

武虛谷億偃師人　博山民煮糯米汁為玻璃作釵珥瓶盎燈毬鬻於市及婦孺嬉戲之物乾隆中有好事者為山東巡撫取以入土貢遂為例每歲按額徵之虛谷力請于大府奏止之

洪稚存歙縣人後為陽湖籍　六歲而孤十八居祖父母喪如禮朱竹君視學安徽延入幕中幕中如戴震邵晉涵王念孫汪中皆通古義乃立志窮經家居與孫星衍共學人目為孫洪後客游聞母病馳歸有以死告者大慟失足落水遇救乃免督學貴州以貴僻遠無書為購經史通典文選諸書置各府書院黔知好古君之教也奏以鄭玄禮注試士格于議不行嘉慶初下詔求言稚存居翰林陳時政數千言謂故福郡王所過繁費致虛帑藏故相和珅擅權時達官清選執贄門下屈膝求擢列中外罔上負國者四十餘人作書成親王及朱文正劉相國權之進呈御覽革職審擬以大不敬置重辟詔減死發伊犁五年京師旱上念君直言獲罪釋回是日大雨御製詩紀之又製尊言納諫論言亮吉書無違碍有愛君之誠并將其裝池成卷置座右以為良規以勸言事者

莊辛校刊淮南子　趙味辛　張惠言　臧琳

江慎修婺源人　方侍郎苞以所疑士冠禮士昏禮數事為問從容答之侍郎負

氣不服慎修哂之而已荆溪吳紱質以周官疑義慎修爲作周禮疑義舉要開三禮館檄下郡縣錄禮經綱目送備參訂詔修音韵述微秦文恭請取古韵標準四聲切韵表音學辨微進呈貯館所著又有律吕闡微春秋地理考異儀禮釋宫增注禮記訓義擇言戴東原謂康成後罕見其傳

戴慎修震休寧人東原無慎修之字此王蘭泉所作行狀刻誤耳殷氏所治年譜可證　十歲授大學右經一章問此何以知孔子之言而曾子述之又何以知曾子之意而門人記之師曰朱子云爾曰朱子何時人曰宋時人師曰一宋時一周時相距幾何時曰幾二千年曰然則朱子何以知其然師不能答君沒後十餘年高廟校刊石經一日命小璫持慎修所校水經注問南書房諸臣曰戴震尚在否或以死對上悼歎久之親受業者高郵王懷祖金壇段若膺同鄉洪初堂榜爲之行狀

盧紹弓文弨抱經杭州人祖籍餘姚人　所校書大戴禮左傳經典釋文孟子音義荀子方言釋名獨斷春秋繁露白虎通呂氏春秋韓詩外傳逸周書顏氏家訓封氏聞見記又著羣書拾補



紀曉嵐獻縣人　父天申見火光入樓中生公四庫全書提要簡明目錄皆出公手

翁覃溪方綱著有經義考補兩漢金石文字記　餘姚邵二雲著有南都事畧　寶應劉端臨台拱荀子補注一卷　孔撝約廣森曲阜人著大戴禮注　泰州陳泗源厚耀著春秋長歷　歙凌廷堪著元遺山年譜充渠新書二卷

易　胡渭易圖明辨十卷　惠士奇易說六卷　惠棟周易述廿三卷易漢學八卷易例二卷周易本義辨証五卷　洪榜易述贊五卷　張惠言周易虞氏義九卷虞氏消息二卷　顧炎武易音三卷

書　閻若璩尚書古文疏證八卷　胡渭禹貢錐指廿一卷　惠棟古文尚書考二卷　宋鑒尚書考辨四卷　王鳴盛尚書後案卅卷　江艮庭尚書集注音疏十二卷　尚書經師系表一卷

詩　惠周惕詩說三卷　戴震毛鄭詩考正四卷　顧炎武詩本音十卷　朱鶴齡詩通義　陳啟源詩稽古編卅卷　顧震滄毛詩類釋　錢坫詩音表一

卷
三禮　沈彤周官祿田考三卷　惠棟禘祫說二卷　江永周禮疑義舉要七卷　戴震考工記圖二卷　任大椿弁服釋例十卷　錢坫車制考一卷　張爾歧儀禮鄭注句讀十七卷監本正誤一卷石經正誤一卷　沈彤儀禮小疏一卷　江永儀禮釋宮譜增注一卷　褚寅亮儀禮管見四卷　金曰追儀禮正譌十七卷　張惠言儀禮圖六卷　凌廷堪禮經釋例十三卷　黃宗羲深衣考一卷　惠棟明堂大道錄八卷　江永禮記訓義擇言八卷深衣考誤一卷　任大椿深衣釋例三卷　惠士奇禮說十四卷　江永禮經綱目八十五卷　金榜禮箋十卷
春秋　顧炎武左傳杜解補正三卷　馬驌左傳事緯十二卷附錄八卷　陳厚耀春秋長歷十卷春秋世族譜一卷　惠棟左傳補注六卷　沈彤春秋左傳小疏一卷　江永春秋地理考實四卷　惠士奇春秋說十五卷
論語　閻百詩四書釋地一卷續一卷又續二卷三續二卷餘論一卷　江永鄉黨圖考十卷　戴震孟子字義疏證三卷　錢坫論語後錄五卷　劉台拱



論語駢枝一卷
九經　顧炎武九經誤字一卷　惠棟九經古義十六卷　江永羣經補義五卷　臧琳經義襍記卅卷　余古農經解鉤沈卅卷　武億經讀考異義證　劉台拱經傳小記三卷
爾雅　邵晉涵爾雅正義廿卷　戴震方言疏證十三卷　桂馥說文義証五十卷　江艮庭釋名疏證八卷釋名補遺一卷　任大椿小學鉤沈廿卷字林考逸八卷　吳玉晉別雅五卷
音韻　顧炎武音論三卷唐韻正廿卷古音表二卷韻補正一卷　江永古韻標準四卷四聲切韵表四卷音學辨微一卷
樂　江永律呂新論二卷律呂闡微十卷　錢塘律呂考六卷　凌廷堪燕樂考原六卷
右甘泉江藩子屏所著漢學師承記附以經義其書不足傳持論偏駁又其所

取往往不當有不與漢學而强入之者或本無著作或未見其人或以交遊私
好非定論也而其文亦不足載之然漢學之精者固亦大畧見此檢閱一過因
記其大凡如此丙寅十二月腊八日記
借方植之昭昧詹言讀王姚所選古今體詩摘其精當者抄入卷中俾余弟得
其眉目其讀玉谿七律不甚精然塗徑甚正既讀竟復摘其精論數則如左
章法 須一氣貫注開合動盪忌率漫複亂 句法 須先學堅峻用力進以
雄奇傑特典貴警拔 須奇警華妙典貴高亮忌砌湊軟弱忌巧 主意一題
有一題本意本事須交代分明忌影響流移 總挈 倒找 橫截 補點
離合 錯綜 忌正說 實說 平敘挨講 呆滯 鈍 死 一題數首每
首又各有主句尋繹分明然後乃見用意用法行文變化之妙 起法 震川
論史記起勢來得勇猛者圈杜公多有之 轉法 換筆換勢大開大闔尋常
五六多作轉勢不如仍挺起作揚勢更佳 結法 別出一層補完題蘊須有
不盡遠想 要出場 用意 須高深沈著 忌佻淺凡近 用字 須典嚴

忌熟舊 生僻 隸事 以蘇黃爲極則韓公翻用亦一秘巧 忌編事
音節 調高則響大約即在所用之字平仄陰陽上 用一仄聲而上去入音
響全別 運思 出之勿易韓公艱窮怪變得往往造平淡 取境之時須至
難至險始見奇句 學古 七律宜先從李義山黃山谷入門又忌撏撦飣餖
成西崑派 學一家貴能尋其未盡之美引伸之以益吾短必如韓公山谷之
學杜 命意 須胸襟高見地高 崇格 須講論精工力深 隸事 須讀書多取材富
縮情 須閱歷深見聞廣 情景交融 魂魄停勻 興在象外 皎然云取象是
比取義曰興 以上論七律而可通之各體 戊辰九月十八日
再閱植之論詩記之 思積而滿乃有異觀溢出爲奇 周書昌云文章有所
法而後能有所變而後大 王禹卿論書云勤於力者不能知精於知者不能
至 朱子論文所忌 意凡 思緩 歐公六一居士傳 軟弱 沒緊要 不子細
辭意一直無餘 浮淺 不穩 絮 說理要精細卻不要絮 巧 東坡時傷
巧 昧晦 荊公守固 不足 歐公 輕 薄 冗 南豐政后山 文可思 朱

子云學文學詩須看得一家文字熟前後看他人亦易知　姬傳云凡學詩文
且當就此一家用功良久盡其能真有所得然後舍而之他不然未有不失於
孟浪者　見道語經濟語惟於旁見側出忽然露出乃妙或即古人指點或即
事指點即物指點愈不倫不類愈妙還不測　正面古人止似帶出似借指點
或借証明而措語必新警從無正衍實說者　創意　艱苦　避凡俗淺近熟
腐凡人意中所有　造言　刻意求與古人遠　常人筆下皆同者別造一番
選字　避舊熟須換生又不可僻　虛字須老　隸事　避陳言不是求僻
乃博觀而選用之故　文法　以斷爲貴　逆攝　突起　倒挽　不許一筆
平揆　人不言出不辭　離合虛實參差伸縮　章法　有見於起處有見於
中間有見於末或二句頓上起下或二句橫截有奇有正　草蛇灰線多即用
之以爲章法　氣脈　有章法無氣則成死形木偶有氣無章法則成粗俗莽
夫氣所以行也脈所以絡章法而隱者也章法形骸也脈所以束形骸也　語
不接而意接　起法　橫空而來　快刀劈下　巨筆重壓　勇猛湧現　轉



接　橫　逆　離　忌順接正接　束法　倒截　逆挽　不測　頓挫　往
往用之未轉接前有往必收無垂不縮　豫吞　此最是精神旺處與一直下
者不同莊孟多此法　離合　專主行文言　橫截　逆提　倒挽　補插　遥
接　伸縮　專主敘事言　參差　用之行文局陣敘情事　交代　題面
歸宿　題之情事　事外曲致　詭變　似莊實諷　似緩實迫　愈悲愈恢
截斷　斷愈多愈便用奇愈斬峭斷而後接用橫用對面用逆用離用側遥接大
放開倏收轉　原本前哲却句句直書即目所以能避陳言　姬傳云凡學詩
文必先知古人迷悶難似處否則其人必終于此事無望　以上論古詩然多
可通之于文植翁自謂多竊微言戴存莊亦謂陶謝杜韓蘇黃諸公不肎爲此
顯白煩絮之言此書直揭數千年微言奥旨余謂植之所言蓋亦就其所得者
言之其所未到者亦自不及知也若古大家所得尤深所見必又有精于此者
數百年無知者所以不能至若如此書所言則苟能用力於詩文者當無不解
之義而遽謂爲千年微言此過論也然留其說以告初學則門徑可得而窺亦

一快矣九月二十日三山峽舟中記

惜抱尺牘前從蕭敬甫處索得一本後爲王叶亭持去今借得一本摘其論文者數條如左 ○鼐於文藝天資學力皆不能逾人所賴者聞見親切師法差眞然其較一心自得不假門徑邈然獨造者淺深固相去遠矣 與劉海峯　鼐於文事粗識門徑而才力不足盡赴其識譬諸李翺皇甫湜豈不欲爲退之之文耶而才不能赴其所識鼐是以更望諸年少者假今有韓歐之才出而世第置吾於獨孤及穆修之倫則吾心所大快矣 與王惕甫　文章之事有可言喻者有不可言喻者不可言喻者要必自可言喻者而入之韓昌黎柳子厚歐蘇所言論之旨彼固無欺人語後之論文者豈能更有以踰之哉若夫不可言喻者則在乎人爲之自得而已 答徐季雅　超然自得不從門入此非言語可喻存乎妙悟 與張梧岡德鳳　學文者利病短長下筆時必自知之更取以與所讀古人文較量得失使無不明了充其得而救其失可入古人之室矣 與曾繽之繽　吾所選五七言詩鄙見自謂爲此詩家正法眼藏 與胡雒君　有才而卒不成者志不高而功不繼也文章之事能運其法者才也而極其才者法也古人文有一定之法有無定之法有定者所以爲嚴整也無定者所以爲縱橫變化也二者相濟而不相妨故善用法者非以窘吾才乃所以達吾才也非思之深功之至者必不能見古人縱橫變化中所以爲嚴整之理思深功至而見之矣而操筆而使吾手與吾所見之相副何非一日也 與張阮林　鎔鑄唐宋是僕平生論詩宗旨吾斷謂樊榭簡齋皆詩家之惡派　韓李以來諸賢論文之語具在取而師之彼必不爲欺人語也用功之始熟讀古人之作而已 與鮑雙五　退之之記事提要纂言鉤玄固古今爲學之定法 與劉明東　吾向教後學學詩止用王阮亭五七言古詩鈔今以加於賢郤猶未當蓋阮亭詩法五古止以謝宣城爲宗七古止以東坡爲宗賢今所宗正當以李杜耳越過阮亭一層然王所選不可不看以廣其趣崆峒集亦正爲子先導紅豆老人謬說勿聽之也　今人詩文不能追企古人亦是天資遜之亦是塗轍誤而用功不深也若塗轍既正用功深久於古人最上一等文字誠不可到其中下之作非不

也昌黎不嘗云其用功深者其收名遠乎近世人習聞錢受之偏論輕譏明人之摹倣文不經摹倣亦安能脫化觀古人之學前古摹倣而渾妙者自可法摹倣而鈍滯者自可棄雖揚子雲亦當以此義裁之豈但明賢哉 與管異之

震川論文深處望溪尚未見此論甚是望溪所得在本朝諸賢爲最深而較之古人則淺其閱太史公書似精神不能包括其大處遠處疏淡處及華麗非常處止以義法論文則得其一端而已然文家義法亦不可不講如梅崖則不能細受繩墨不及望溪矣臺山則似於此事更遠

文家之事大似禪悟觀人評論圈點皆是借徑一旦豁然有得呵佛罵祖無不可者此中自有眞實境地必不疑於狂肆妄言未證爲證也

欲得筆勢痛快一在力學古人一在涵養胸趣夫心靜則氣自生矣

學文之法無他多讀多爲以待一日之成就非可以人力速之也士苟非有天啟必不能盡其神妙然苟人輟其力則天亦何自而啟之哉

文章之事望見塗轍可以力求而才力高下必由天授羆所自歉者正在才薄耳

西漢人文傳者大抵官文書耳而何其雄峻高古之甚昌黎官中文字止用當時文體而卽得漢人雄古之意歐曾荆公官文字雄古者鮮矣然詞雅而氣斃語簡而事盡固不失爲文家好處矣熙甫於此體乃時有傷雅不能簡當之病

熟讀多作

好文字亦須待好題目然後發積學用功以俟一旦興會精神之至雖古名家亦不過如此而已

學古文者必要放聲疾讀又緩讀祇久之自悟若但能默看卽終身作外行也

墓表自與神道碑同類與壙銘異類神道碑有銘似墓表用銘亦可通然非體之正也吾謂文章體制當準理決之不得以前賢有此便執爲是如贈序中用不具某頓首與書同此類晉公蔡明遠序體也直當斷以爲不是耳安可法之耶

文說到中間忽有滯鈍處乃是讀古人文不熟急讀以求其神執緩讀以求其味得彼之長悟吾之短自有進也

詩大抵其才馳驟而炫燿者宜七言深婉而澹遠者宜五言雖不可盡以此論而大槩似之

作詩文皆須先辨雅俗俗氣不除則無由入門況求妙絕之境乎

昌黎云詞不足不可以成文理是而詞未諧故是病也

簡峻之氣昌黎爲最

以考證累其文則是弊耳以攷證助文之境正有益處

漢人之文如論衡乃不足道謂蔡伯喈秘其書乃越中僞造之詞其言平者
則陋奇者則悖　歸震川能于不要緊之題說不要緊之語卻自風韻疏淡此
乃是於太史公深有會處　文家有意佳處可以著力無意佳處不可著力功
深聽其自至可也　作文須見古人簡質惜墨如金處　作金石文字本有正
體以其無可說乃爲變體始於昌黎作殿中少監馬君誌因變而生奇趣文家
之境以是廣矣　文字須熟乃妙熟則利病自明手之所至隨意生態常語滯
意不還而自去矣　文之出奇怪唯功深以待其自至卻又須常將太史公韓
公境界懸置胸中則筆端自與尋常境界漸遠也　必欲簡峻莫若更讀荊公
所爲則筆間自有裁制矣敘事之文爲繁冗所累則氣不能流行自在　漢書
惟宣帝以前之傳可以肩隨子長元成以後則彌劣矣　吾意以俗體詩之陋
鈔此爲學者正路耳使學者誦之縱不能盡上口然必及其半乃可言學故唯
恐其多　凡言理不能改舊而出語必要翻新佛氏之教六朝人所說皆陳陳
耳及達摩一出翻盡窠臼然理豈有二哉但更搬陳語便了無意味移此意以



作文便亦是妙文矣　文章一事而其所以爲美之道非一端命意立格行氣遣
辭理充於中聲振於外數者有一不足則文病矣作者每專意於所求而遺於
所忽故雖有志於學而卒無以大過乎凡眾故必用功勤而用心精密兼收古
人之具美融合於胷中無凝滯則下筆時自無得此遺彼之病也　文章之事
欲其言之多寡當然不可增減意如駢枝辭如贅疣則失爲文之義前所云有
所忽者在此非言骨脈及聲色然有此則骨脈聲色必皆病矣大塘打纏移人
議論此豈易言必如此言則如報任少卿書足以當之耳　學詩不經明何王
李路入終不深入而近人爲紅豆老人所誤隨聲詆明賢乃是愚且妄耳　詩
古文各要從聲音證入不知聲音總爲門外漢耳　王述菴論子瞻諸銘在昌
黎上此何其謬耶王鈍夫謂宋元人文各有可學此止是門面語如云體例有
可采處則凡有遇皆可采不獨宋元也如直求可當古文家數者則南宋雖朱
子不爲是況元及明初諸賢乎如宋金華直是外道而朱竹垞以爲妙絕遂終
身爲所誤此等非所見親切安得無妄說也　凡學詩文之事觀覽不可不汎

博若其熟讀精思效法者則欲其少不欲其多如漁洋五言詩選吾猶覺其多耳其選不及杜公此是自度才力不堪爲大家而天下士之堪學杜詩者亦罕見故不以杜教人此正其不敢自欺處耳今若病其缺此大家止當另選一杜詩或益以昌黎以待天下士才力雄健者自取法可也若此外別家止有泛覽之詩實無當熟讀效法之詩也吾嘗謂袁簡齋有云人止可以名家自待後人或置吾於大家之中切不可以大家自待俾後世人併不數吾於名家之內此言最善　入集之文亦欲其少不欲其多　經學用功誠爲要務竊謂學者以潛心玩索令胸中有浸潤深厚之味不須急急於著述斯爲善學也至於作文作詩亦以此意通求之爲佳耳　方宮保水利事詢之葆岩亦不能盡其詳至永定河乃無定河也止可因時疏塞不能爲一法以爲永久之制故余不詳其歲治之法其奏疏皆因時之法載之則不可勝載矣　虞伯生文去震川甚遠其才識皆不逮歸但詩字雜藝勝之以上俱與陳石士　必欲學此事非取古大家正矩潛心一番不能有所成就近體止用吾選本其間各家門徑不同隨



其天資所近先取一家之詩熟讀精思必有所見然後又及一家知其所以異又知其所以同同者必歸於雅正不著纖豪俗氣起復轉摺必有法度不可苟且牽率致不成章至其神妙之境又須於無意中忽然遇之非可力探然非功力之深終身必不遇此境也　近人云作詩不可摹擬此似高而實欺人之言也學詩文不摹擬何由得入須專摹擬一家已得似後再易一家如是數番之後自能鎔鑄古人自成一體若初學未能逼似先求脫化必全無成就譬如學字而不臨帖可乎　就愚選今體詩鈔追求古人佳處時以己作與相比較自日見增長大抵作詩平易則苦無味求奇則患不穩去此兩病乃可言佳至古體詩須先讀昌黎然後上溯杜公下采東坡於此三家得門逕尋入於中貫通變化又係各人天分一時如古今體不能并進只專心今體可耳與伯昂姪孫

深讀久爲自有悟入　文章之精妙不出字句聲色之間舍此便無可窺尋矣　盤鬱沈厚之力澹遠高妙之韵瓌麗奇偉之觀　文章之妙在馳驟中有頓挫頓挫處有馳驟若但有馳驟即成剽滑非眞馳驟也更精心於古人求之

當有悟處耳凡詩文事與禪家相似須由悟入非語言所能傳然既悟後則返觀昔人所論文章之事極是明了也欲悟亦無他法熟讀精思而已　人各任其力量功候成就大小純駁不可早定得失之故有人事亦若有天道焉惟孜孜勉焉以俟其至可耳　文章之事欲能開新境專於正者其境易窮而佳處易爲古人所掩近人不知詩有正體但讀後人集體格卑卑務求新而入纖俗斯固可憎厭而守正不知變者亦不免於隘也　凡作古文須知古人用意沖澹處忌濃重譬如舉萬鈞之重如一鴻毛乃文之佳境有竭力之狀則入俗矣大抵古文深入難於詩故古今作者少於詩人然又有能文而不能詩者此亦由天分耳與石甫

張靄卿購得殘本歸文內有望溪選讀者圻記目錄于此　葉文莊墓地免租碑　安亭鎮謁主簿德政碑　李廉甫行狀　方評所敘事繁重而氣能包舉亦集中傑構但首尾瑣細語尚宜翦裁　李可大墓碑　方思曾墓表　吳純甫行狀　趙汝淵墓志　沈貞甫墓志　陸允清墓誌　周孺亨墓志　張季



翁墓志　王邦獻墓志　李惟善墓志　張克明墓志　李廷珮墓志　詹仰之墓志　朱肖卿墓志　歸府君墓志　姚子英壙志　何氏先塋碑　陳可樂妻墓志　貞節婦季氏墓表　宣節婦墓碣　王烈婦墓碣　曹節婦碑陰結處方節去五十年十一字謂爲俗句　女如蘭壙志　陳大雅妻郭孺人墓志　沈子善妻顧孺人墓志　潘府君室沈孺人墓志　文中有予家人皆得挹其慈範句方云俚語不宜入古文　朱君良妻陸孺人墓志　先妣事畧方云此等文便直接韓歐形皃不似而相同在骨法也　歸氏二孝子傳王烈婦傳　外非方選而入此本者蓋亦好歸文者爲之并圻于後　顧夢圭權厝志　劉兆元墓表　許鈇墓表　沈玄朗墓碣　張楙墓志　評云此文公自比柳州見與沈敬甫札　沈璧墓志　蘇瓏墓志　唐欽堯墓志　王瑭墓志　周寰墓志　成山指揮李君墓志　夏集墓志　夏槃妻魏孺人墓志　葉裕母墓志　季龍伯母陶碩人墓志　陶節婦傳　湇南居士傳　戴錦衣家傳　祭外姑文　祭妻祖父母文　謁朱文貞墓文　祭方御史文　祭

宋恭靖公文　祭顧方伯文　李廉甫哀詞　惠賀江公誄　惜止一册未獲
全觀他日當再用歸文考之甲戌五月廿七日
借鈔方植之所選五言詩目　奉贈韋左丞丈廿二韻　贈衛八處士　同諸
公登慈恩寺塔　示從孫濟　九日寄岑參　夏日李公見訪　自京赴奉先
縣詠懷五百字　送樊廿三侍御赴漢中判官　送從弟亞赴安西判官　彭
衙行　北征　玉華宮　九成宮　羌村　畫鶻行　新安吏　石壕吏　新
婚別　垂老別　無家別　西枝村尋置草堂地夜宿贊公土室二首　夢李
白二首　有懷台州鄭十八司戶　前出塞九首　後出塞五首　萬丈潭
發秦州　鐵堂峽　法鏡寺　水會渡　飛仙閣　五盤　龍門閣　劍門
鹿頭山　成都府　病柏　枯柟　遭田父泥飲美嚴中丞　送韋諷上閬州
錄事參軍　贈別賀蘭銛　草堂　水閣朝霽奉簡嚴雲安　楊監又出畫鷹
十二扇　寫懷二首　遣懷　宿青溪驛奉懷張員外十五兄之緒　宿花石
戍　題衡山縣文宣王廟新學堂呈陸宰　遣興　遣興朔風飄胡鴈　以上杜



秋懷詩十一首　赴江陵途中寄贈王廿補闕李十一拾遺李廿六員外三學
士　此日足可惜一首贈張籍　歸彭城　醉贈張秘書　同冠峽　送惠師
縣齋有懷　陪杜侍御遊湘西兩寺獨宿有題一首因獻楊常侍　岳陽樓
別竇司直　答張徹　齪齪　縣齋讀書　新竹　崔十六少府攝伊陽以詩
及書見投因酬卅韻　送侯參謀赴河中幕　東都遇春　送李翺　送石處
士赴河陽幕　送無本師歸范陽　調張籍　病中贈張十八　寄崔廿六立
之　孟生詩　答孟郊　送劉師服　贈別元十八協律六首　宿曾江口示
姪孫湘二首　除官赴闕至江州寄鄂岳李大夫　以上韓　南軒　山檻小
飲　青雲亭閑望　喜寒　之南豐道上寄介甫　雪詠　過彭澤　雙鶴
庭木　山水屏　追租　桐樹　九月九日　讀書　襍詩　七月一日休假
作　七月十四日韓持國直廬同觀山海經　秋聲　李節推亭子　秋夜露
坐　偶作　苦熱　答葛蘊　秋懷　招隱寺　延慶寺會景純正仲希道介夫
明叟納涼同觀建鄴宮中畫象翰林墨蹟延慶寺者劉裕故宅中有壽邱山

遊金山寺作　遊鹿門不果　劉景升祠　隆中　禊詩　以上曾　留王郎
次韻吳宣義三徑懷友　奉和文潛贈无咎篇末多見及以既見君子云胡
不喜爲韻　子瞻詩句妙一世乃云效庭堅體蓋退之戲效樊宗師之比以女
滑稽耳恐後生不解故以韻道之　贈少儀　次韻謝斌老送墨竹十二韻　送
跂子瞻和陶詩　次韻時進叔廿六韻　招子高廿二韻兼簡常甫世弼　送
張沙河遊齊魯諸邦　薛樂道自南陽來入都留宿飲會作詩餞行　寄南陽
謝外舅　次韻寄六弟濟南郡城橋亭之詩一首　寄題欽之草堂　過家
勞坑入前城　乙卯宿清泉寺　已未過太湖僧寺得宗汝爲書寄山蕷白酒
長韻詩寄答　庚申宿觀音院　代書　寄陳適用　寄題安福李令先春閣
送彥孚主簿　過致政屯田劉公隱菴　貴池　大雷口阻風　庚寅乙未
猶泊大雷口　乙未移舟出口　阻風銅陵　次韻伯氏長蘆寺下　贈李端
叔別　曉放汴州　曉起臨汝　戲贈陳季張　即席　代書寄翠岩新禪師
以上黃十月廿四日



向讀平準書見其事緒煩多不得其要領今閱曾文正張舍人之說爲之豁然附抄于此蓋兩家之說亦互有得失也　漢興接秦之弊至物盛而衰固其變也爲第一段言先富盛而後漸貧自是之後嚴助朱買臣等招來東甌至興利之臣自此始也爲第二段言因貧而進興利之臣其後漢將歲以數萬騎出擊胡至而內受錢于都內爲第三段言田南夷入粟興利之事一東置滄海之郡至及入羊爲郎始于此爲第四段言募民爲奴婢入羊興利之事二其後四年至則官職耗廢爲第五段言賣爵興利之事三自公孫弘以春秋之義繩臣下至稍騖于功利矣爲第六段言因言利而峻法文中樞紐其明年驃騎仍再出擊胡至黎民重困爲第七段言伐渠塞河穿渠養馬振災五者皆耗財之事於是天子與公卿議至吏民之盜鑄白金者不可勝數爲第八段言鹿皮幣白金三品興利之事四於是以東郭咸陽孔僅爲大農丞至而多賈人矣爲第九段言舉行鹽鐵興利之事五商賈以幣之變至敢犯令没入田僮爲第十段言算緡錢興利之事六天子乃思卜式之言至於是告緡錢縱矣爲十一段禊敘時

事文亦失之蕪襍郡國多姦鑄錢至乃盜爲之爲十二段言赤側錢及輸銅三官興利之事入卜式相齊至及官自羅乃足爲十三段言郎治郡國緡錢興利之事九所忠言世家子弟至郎選衰矣爲十四段言株送徒入財興利之事十是時山東被河災至馬歲課息爲十五段言出牝馬興利之事十一齊相卜式上書至不敢擅言賦法矣爲十六段言振飢巡幸擊越擊羌開邊田供初郡六者皆耗財事其明年元封元年至天子以爲然許之爲十七段言平準興利之事十二于是天子北至朔方至而天下用饒言入粟得補官贖罪給復興利之事十三於是弘羊賜爵左庶長至末爲十八段以上曾公之說其總評云凡興利之事十三分條敘之耗財之事十一并作兩處敘之興利之事以桑宏羊平準均輸爲最失政體故末引卜式之言以鳴其憤而以平準名篇篇中無興利之事七一條蓋弘羊初置均輸以通貨其一事也曾氏分段過多轉使文氣散割不屬此其失也然其十六段言振飢巡幸云則自是時山東被河災至不敢言擅賦法矣爲一段其凡遇興利之事皆標記之非分段也　自起至歲不過



數十萬石爲第一段敘高祖孝惠時事爲下文作反照也至孝文時至益增修矣爲第二段徵及文景興利之事爲下文作影子也至今上即位至自此始也爲第三段由文景至武帝極盛而衰作兩層頓挫條理分明局度縝邈又使文氣磅礴盛昌厚集其勢至天下苦其勞三行將下面種種一總櫽括在內而以濶遠之勢出之遂令全篇一齊挈起以後雖縱橫拉雜敘去而萬變騰躍盡入環中自爾有條而不紊也其後漢將至入羊爲郎始于此爲第四段以擊胡及開邊郡募田南夷入粟及入奴婢入羊爲興利之始其後四年至稍騖于功利矣爲第五段言以擊胡財匱因致吏襍職廢而宏湯等始以峻文繩下此段內當是之時招尊方正賢良文學之士批云篇中敘事往往橫騖別驅敘此事未竟忽入他事若有意若無意若相屬若不相屬然細尋繹之義緒皆自然貫穿一綫相承實無不連屬也但可以意會以神遇而不以迹求耳熟讀之自悟其明年驃騎仍再出擊胡爲第六段言以復擊胡及諸耗費而造白金皮幣於是咸陽等始以賈人進用近挈起下一段舉行鹽鐵遠挈起後面均輸平準此段

內於是縣官大空而富商大賈或蹛財役貧云云批云著此數語下面鹽鐵緡錢均輸平準及尊顯卜式諸事悉樓臺倒影矣又於是以東郭咸陽孔僅一段云云批云至此出宏羊乃文中驪龍珠也餘皆雲也卜式尤雲之奇變莫測者也又云前段之末連及宏湯峻文繩下以下節次相承究極其事至杜周治緡錢而縣官用饒此段之末連及咸陽孔僅宏羊以買入進用以下節次相承究極其事至於宏羊建置平準而天下用饒又故三人言利事析秋毫矣句批云語意已趨注末一段矣法既益嚴至而多賈人矣為弟七段承前法嚴吏廢因言復以擊胡財匱而舉行鹽鐵商賈以幣之變至郎至六百石為弟八段承前造幣言以商賈積貨逐利而算緡錢中插尊卜式一段尤為俶詭與前後若不相屬然空靈洞映神光離合實極草蛇灰綫嶺斷雲連之妙又云篇中一路跗萼相銜處純以斷續之法行之每每更迭相間以遞為承遞局埶彌極展拓袤遠而彌極緊湊又云入卜式一段最奇蕩不可狀史公文如此等處所謂乘風翰雲所謂絕迹無行地也又云因卜式拜為齊王太傅趁埶入僅拜為大農遂



趁埶入宏羊為大農丞而逗出均輸與末一段脟鑾潛通矣自造白金五銖錢後至多諂諛取容矣為弟九段又承造白金五銖錢而及張湯等刻深之事前與張湯決理後與杜周治郡國緡錢為脈絡以著因興利而峻法之弊而究其終極也天子既下緡錢令至益廣關置左右輔為弟十段承上緡錢令尊卜式及告緡又更鑄錢治緡錢而天下用饒又云此段起處陡入楊可告緡錢忽閃入鑄錢敘至盜鑄益少復繞轉告緡一併趨入杜周卽治郡國緡而商賈家破縣官於是用饒埶極飄忽奇縱而於情事乃益順而得其實敘事眞有神工鬼斧風馳電掣之妙又卜式相齊句空中轉捩橫厲邁往奇宕恣肆初大農筦鹽鐵至不敢言擅賦法矣為十一段又承上段縣官用饒而益侈費耗財無已故雖以鹽鐵均輸僅能贍之特為縱極言之詞繁而不殺以起下一段其意有所注重者也又郎選衰矣批云篇中自所敘數大端外其餘興利峻法及一切苟且之計侈虐之令米鹽淩雜各以意隨時帶敘牽連附著其下不主故常間綴以微辭與為跌蕩以其理得而氣盛故措焉而皆得其所安又齊相卜式上書

句批云忽又入卜式上書前與天子尊卜式相綰因後與篇末數語爲橐籥也明年元封元年至黃金再百觔焉爲十二段乃通篇歸宿故著此特筆而以卜式貶秩原起意匠乃尤奇妙又故抑天下物名曰平準句批云此吳道子畫龍點睛法也是歲小旱以下爲結束篇中敘述擊胡以來興利之事愈多而愈不足至宏羊置平準令吏民入粟則民不益賦而天下用饒若以著其功者已乃綴此以終之而無限痛疾孤憤之恉悉隱寓於詞表妙遠不測至斯極矣　以上張舍人之說其總評云文如神龍蜿蜒烟雲繚繞變滅光采儵爚鱗甲隱見奇妙無匠當爲史公第一篇文字又云篇中妙處最在以卜式爲奇兵時時出沒不常使人不足捉摸　丙子年

伊川易傳序　陽明博約說　孔明前後出師表　胡澹菴上高宗封事　太
史公自序　李太伯袁州學記　陽明象祠記　退之與于襄陽書　明允上
田樞密　方遜志釋統　李斯諫逐客　永叔朋黨論　子固戰國策目錄序
宋潛溪六經論　編內所錄左氏及秦漢唐宋名家之文辭法皆勁健　子



雲解嘲　孔德彰北山移文　鄭莊公克叔段　子瞻表忠觀碑　荊公云可與司馬氏馳騁
上下　呂相絕秦書　樂毅報燕王書　淵明歸去來詞　子瞻二赤壁賦　退
之襍說上下　應科目時與人書　子厚捕蛇者說　退之後十九日復上宰
相書　子厚種樹郭橐駝傳　梓人傳　子瞻稼說　退之送溫處士序　明
允明論　子瞻李氏山房藏書記　退之進學解　子產與范宣子論重幣書
明允諫論上　退之重答張籍書　送孟東野序　永叔送王陶序　退之
諍臣論　獨孤及季札論　子瞻范增論　荀卿論　子長項羽贊　退之圬
者王承福傳　送文暢序　與孟簡尚書書　明允管仲論　子瞻賈誼論
晁錯論　始皇論　退之後廿九日復上宰相書　原毀　王元之待漏院記
魯共公酒味色論　宋潛溪七儒解　陽明尊經閣記　子厚箕子廟碑陰
王子充四子論　賈誼先醒篇　李退叔政事堂記　臧哀伯諫納郜鼎
夏文莊廣農頌　退之上張僕射書　原道　錢公輔義田記　王子充文訓
子厚晉文公守原議　明允春秋論　子厚送薛存義序　退之獲麟解

師說　子瞻潮州韓文公廟碑　子瞻伊尹論　三槐堂銘　永叔晝錦堂記
子瞻六一居士集序　范希文岳陽樓記　子瞻醉白堂記　明允心術論
王子充樗隱記　永叔春秋論　陽明元年春王正月論　子厚與韓愈論
史官書　退之諱辨　對禹問　陽明龍場生問答　子厚桐葉封弟辨　荆
公讀孟嘗君　退之送董邵南序　虞襄西征記（是篇不見錄於大家故不載）　司馬君實
諫院題名記　周禮梓人爲筍簴　馮用之機論（非文之粹者）　退之與陳給事書
陽明玩易窩記　退之送王含秀才序　賈誼論積貯　宋濳溪閱江樓記
呂伯恭武王論　子瞻周公論　明允高祖論　退之代張籍與李浙東書
子瞻留侯論　子厚駁復讐議　明允任相論　御將論　子瞻續楚語論
王者不治夷狄論　永叔泰誓論　陳止齋山西諸將孰優論　永叔縱囚
論　子厚答韋中立論師道書　歐公上范司諫書　賈誼過秦論　孟堅異
姓諸侯王表　子瞻刑賞忠厚之至論　杜牧阿房宮賦　明允六國論　退
之送石洪處士序　陽明送毛憲副歸桐江書院序　右歸太僕文章體則



會相國書札　陽明與朱子指趣本異乃取朱子語之相近者攀附以爲與已同符指爲晚年定論整菴亭林楊園白田諸公盡發其覆誠亦不無可議乃并其功業而亦議之且謂明季流寇禍始於王學之淫詖豈其然哉彼一是非此一是非天下之無定論久矣（答朱久香）　添設圩寨不過彼此斂錢互爭利權互相雄長流弊孔多宜出示嚴行禁止（答李眉生）　閣下昔年短處在尖語快論機鋒四出以是招謗取尤今位望日崇務須尊賢容眾取長舍短揚善公庭規過私室庶幾人服其明而感其寬（答吳竹莊）　天災流行世方多難惟賴將帥和衷共濟各自引咎互相原亮或可補救萬一若事機不順互相諉咎封疆水火大局愈不可問想尊意亦以爲然也（答朱久香）　搜求人才採納眾議鄙人亦頗留心惟于廣爲延攬之中略存崇實黜華之意若不分眞僞博收雜進則深識之士不願牛驥同皁陽鱎得意而賢者反掉頭去矣（答方存之）　哥匪煽誘敝處前寄家信亦言激之生變極力搜求則株連太多不如緩緩解散入會者雖眾然肯冒叛逆之名挺然出爲戎首者亦未必果有其人也（答李筱泉）　威瀆則不行去十惡吏不得

流閲者其内江各營請閣下調至裕溪閣看惟各營均有分汛防盜駐卡巡查等事必須另有閒營前往接換而後可調目下閒營實少止好令外江淮揚各營於閲操後再行補缺内江各營于補缺後再行閲操尊意以爲可行即請貴部騰出閒船五六十號以備更換調操之用答彭雪琴

袁簡齋云多其察少其發僕更加一語云酷其罰答蔣莼卿

鄙意辦理洋務小事不妨放鬆大事之必不可從者乃可出死力與之苦爭當康熙全盛之時而天主教已盛行中國自京師至外省名城幾于無處無天主堂以今日比之康熙時則傳教一事猶爲患之小者故鄙意不欲過于糾纏正欲留全力以爭持大事耳閣下以爲何如答吳竹莊

海盜古稱難捕一則以出洋戰船難得一則大海波濤中戰將尤爲難求弟于此事不甚認眞者蓋恐急之則彼必出洋萬無制之之方緩之則彼或回巢稍易踪緝今已毁其巢穴更難設策矣答張子青言阜寧匪徒出洋事

裁革平餘并裁塡衙規已嫌過於誇炫聞每月提藩庫運庫二千五百金并不奏咨尤不足貴矣惟之常規節壽之門包又不通詳立案德量之宏精進不已蔣中丞奏裁韶關陋



尊署月入僅四百餘兩斷不敷用自應另籌津貼刑錢書啓俱不可少騰出精神以圖虛靜而謀大事州縣陋習以不催正供爲市恩之地即以多徵少解爲中飽之謀胡文忠昔年痛恨此習故專以催科課州縣之賢否且謂陽城二語爲不肖州縣之護身符又謂後世正賦比三代之什一輕減倍蓰催徵則導民急公親上之忱不催徵則長民犯上作亂之機等語國藩亦深以爲然但須力禁浮收地丁每兩一正一耗收錢二千實不爲少請閣下查有溢收分文者立予撤任考試各官近年惟江西最爲認眞參革甚多國藩頗不謂然自唐宋以來考士屬之禮部考官屬之吏部文獻通考中亦分立兩門前明及國初選官皆考一判今雖不考判亦尙進月卷官是考官乃六部之權非外省所得爲政也鄙人在皖每日接見三員但令書履歷數行觀其字跡而已閣下本有綜核之名屬員畏者較多愛者較少于考字尤不相宜以後接見僚屬請專教以善言不必考以文理略有師生殷勤氣象使屬員樂于親近則閣下無孤立無與之嘆而德量益宏矣整頓釐務請以勤教卡員嚴查司事二語爲主至商民完

一良吏以為式眾亦無所取則敝處軍事初興之際止是得塔羅等一二人為榜樣耳（答李眉生）

來函以賊決黃河南隄為慮鄙意黃河一決億萬生靈化為魚鱉此有天意不盡關乎人事自古決水灌城往往首禍者反受其害若智伯引汾水灌晉陽卒以自滅梁武帝堰淮水灌壽陽城而數十萬兵民漂沒入海皆未能害人轉以自害雖明季李自成決河灌汴原其始實亦巡撫高名衡首先決河以灌賊釁發此難端天道惡戎首豈不信然即以賊情言之所以決河者為欲取汴省耶為欲渡河北耶為欲取汴省則此賊向不攻城無此大志果有此禍會垣皆成澤國賊亦無可擄掠且省城不在劫數雖決河亦當無害道光辛丑河決中牟省會無恙其明証也如欲渡河北則荷鍤負土者不過千人其餘數萬賊黨若先立決口之上流則河決之後仍為新發之大溜所阻無從北渡若先立決口之下流則水未及人羣賊已自當其衝形埶利害亦最易見決隄之說似不必過慮（與人論決河）



路濠一事獻此策者頗多然州縣不能皆賢其不賢者或嬾惰而以不便于民為辭其害猶淺或派丁役四出名為督率與工實則需索擾民其害更深大凡出財出力之事民間願者十之二三不願者十之六七故非果得賢令不敢下通飭之文從來保甲社倉勸課農桑自大吏諭行罕見著有成效者王荊公行保甲于一區而效行之天下而不效太康任令行路濠于一邑而效下其法于各屬而不效其明証也鄙人入豫并無地方督撫之權故熟聞此策而不肯輕試惟鑒而亮之趙君釋也文於小學家從聲得義之說已能貫徹惟文詞稍失之繁碎講漢學者多坐此病能出以簡當為妙（答劉子恕）

援黔之師近而防湘遠而圖滇一舉而三善備自應以全力赴之接見紳者自不能無限制然擇人而施優者多晤數次劣者拒其一面不必豫立禁約更屬渾融無迹（答劉韞齋）

舍弟疏中所稱銘軍係與任股接仗霆軍係與賴賊交鋒蓋誤聽捻賊之供詞賊中任强而賴弱人人共知此語入奏致閣下正月十五之奇功五日窮追之苦戰幾埋沒一半宜閣下憤憤不平浩然思歸也惟舍弟此次奏片由于誤聽捻賊欺騙之言而平日於閣下實深愛而敬佩之又自去秋以來寄諭多責備閣下之詞閣下告病開缺知者以為與舍弟新有嫌

隙不知者或疑爲于朝廷微有怨望雖寄諭亦疑其要挾人生在世所爭者名耳古來賢將帥流傳萬世不過得一忠字之美名耳閣下苦戰十餘年久著忠勞豈可因與舍弟小有嫌隙而令外人疑爲要挾乎僕欲勸閣下力疾治軍又恐閣下病傷果劇欲不勸閣下力疾治軍又恐閣下名望大減若僅爲舍弟奏片錯誤則僕當爲負荆謝過若别有鬱抑之處則請勉强忍耐古來忠臣未有不多受磨折者幸無堅執（與鮑春霆）

賊中兩股相合與官兵之兩支相合其事畧同而其彼此猜疑心力難齊則更甚於官兵故賊之强弱不盡關於分合惟二寇初合我示弱而緩圖之則彼之情將携轉有可乘之隙我恃强而急追之則彼之交愈固將懷必死之心請屬壽卿與諸軍待捻回合來找我而後與戰我不必先找捻回也（復喬鶴儕）

來示欲卸營務統軍兩差此不特鄙人不便强勸卽令二兄亦有難於相强者蓋統將之道必須身先士卒兩軍交鋒危在呼吸若非有破釜沈舟馬革裹尸之志他人强之從事已不免於抱怨況令兄上顧慈闈下憐弱弟豈敢稍涉牽强乎又軍事最貴氣旺必須有好勝之心有凌人之



氣酷羨英雄不朽之名兼慕號令風雷之象而後興高衆附有進無退閣下襟懷恬淡於官階功名二者不甚歆慕其長處在此其於帶兵不相宜處亦在此閣下既不願統軍當函商少帥另擇統軍之員閣下亦務須擇勞苦之事任之助阿兄禦此大難斷不可懷事外安佚之福不可存問舍求田之謀吾兩家門第太盛人忌鬼瞰處處皆是危機時時皆伏禍胎除却耐勞盡忠四字别無報國之道亦别無保家之法（答李幼泉）

作人之道以勤廉信慎四字爲要勤可補救愚拙不知者將漸知不能者將漸能廉則取財不苟信則出話不欺凡上司用人稱其結實可靠者大約不出此二句慎者心則敬畏而言則退讓也有是四端小則謹身寡過大則有守有爲願切記之（答歐陽星泉內姪）

台旆暫留後路重在東顧齊疆閣下以山東之官食山東之餉固當專重本省卽爲大局計亦須保運河乃能保東省保東省乃能保直隸也遇賊仍須作城牆陣穩中再求一猛字（答潘琴軒）

吾輩除却認眞二字而外别無自獻之道利鈍所不敢知盡瘁而已（答何小宋）

水師星散各處久未操練鄙意欲將外江淮陽各營調至下關操演輪

藿梗令者少可寬者宜稍從寬大以上各條均就尊見參酌此外禁佐襍之擅受徵司書之需索皆極有關繫閣下志邁識正不難力追古人但願於眾醉獨醒之際仍以渾字出之效驗遲緩之時更以耐字貞之則人皆感其樂育而於己之養德養身兩有裨益（答丁雨生各條）

自郭彭張唐屢挫後凶燄大長不似去年之避兵而行閣下尾追之時須常常整隊爲接仗之計自秦來者言壽卿每仗皆用四方陣任賊包抄良久但用槍砲刀矛抵禦待賊力竭而退整隊追剿無論追至十里八里總不散隊云云其打法與閣下豐縣之戰大致相同但尾追稍遠耳請告諸將參酌行之（答潘琴軒）

承示用人理財各語俱得要領達道千譽四字近日仕宦中幾別開一種捷徑亦遂上孚朝望下獲民譽如操左券聞閣下闇然日章不慕赫赫之名但求切理饜心即此已見篤實君子之道非流俗所易測量減兵增餉本係亂後要務惟綠營積習太深萬難挽迴若將領中不能遴擇傑出非常之才即使增餉數倍而兵之不可用如故（復楊石泉）

將才太少省三峻山未必果爲名將特彼善于此不得不節取其長撐持艱巨（答劉印渠）



考官有賞無罰與江西昔年之動輒甄別休致者迥不相同如此則陶成之意多操切之意少有才者樂於見長無文者亦不至望而生畏雖常考亦自無妨此間擬停期滿甄別之考因其事大無根據非欲博寬大之名也聽訟催征嚴立課程逐一稽核自有實效王雪軒雖長於催科然好用輕銳少年拜認師生亦壞蘇省風氣閣下當法周湯諸老何必取法乎下清粮墾荒誠屬要務然下手實不易易能就二百餘則中定爲簡明章程止留三五則使愚民一望即知庶幾易于遵守墾荒委員分肥濛混此等處未可稍事姑息將來另定勸獎章程仍須先遴賢員徐議良法僕在安慶議清丈田畝造魚鱗册以未得賢員卒未辦成至今抱愧（答丁雨生）

晉省增置砲船續募南勇均不可緩砲船與豫省之船聯絡一氣尤爲要著閣下聲望已著防河以保衛畿疆責無旁貸不可瞻顧因循致誤大局（答陳舫仙）

湘軍援黔惟須步步爲營後路未清不宜深入自處不溺之地而後能援人之溺想諸將皆已飫聞此義哥老會人數極多辦理不善則人人有自危之心此戢彼發必至治絲而棼此輩非盡甘心爲匪大約入會有兩

種一曰在營會聚之時打仗則互相救援有事則免受人欺一曰出營離散之後貧困而遇同會可周衣食孤行而遇同會可免搶劫因此同心入會鄙意但問其有罪無罪不問其是會非會所謂罪者大罪一條謀反叛逆是也中罪三條一曰殺人傷人二曰聚衆搶劫三曰造蓄軍器治之之法叛逆則興兵誅剿究其黨與坐其妻孥中罪三條則但就案問案重者正法輕者枷杖其未入會而犯此三條者亦不輕縱其已入會而犯此三條者亦不加重不究黨與不坐妻孥三條之外或犯小罪更不問其是會非會矣如此分別辨理庶足以息浮言而定人心擬將此意出一告示徧諭遵照答劉韞齋

軍事棘手之際物議指摘之時惟有數事最宜把持得定一曰軍律不可騷擾二曰奏報不可諱飾三曰調度不可散亂譬若舟行遇大風暴止要把柁者心明力定則成敗雖不可知要勝於他舟之慌亂者數倍昨令兄筱泉書來言左公函中有湘淮暗分氣類之語卽從大帥分起云云鄙意湘淮實無絲毫釁隙渠前批霆軍之稟頗似有意簸弄尊處軍事若不得手左氏必從而齮齕之僕前信言勳軍事力戒諱飾



廿七日之信力戒騷擾正恐閣下立脚不穩被人摘發也至於大處調度危急之際尤以全軍保士氣爲主孤軍無助糧械不繼奔走疲憊皆散亂必敗之道請閣下常商省琴二君於此數者加意體察庶免非常之挫誠能不騷擾不諱飾不散亂三者問心無愧則成敗一聽諸天齮齕一聽諸人而已答李少泉六月二日

霆軍遣撤示檄已發後又念所檄譚唐楊會四分統獨譚唐于示檄中提出重加餘用以慰其心而楊會未經提出未免向隅若檄中能令楊於撤勇後速來金陵差遣曾於撤勇後送鮑回籍再來金陵差遣則四人皆有著落較爲周密事後悔之已無及矣不知此二人雖不滿意尚不生變否閣下能設法斡旋否霆軍馬隊實不得力若非撤後另招斷不能與淮軍步隊聯爲一氣此鄙人之苦心也答李筱泉制軍六月十五日

軍興日久勇餉多屬虛糜吾輩不能不細心考核也答劉峴莊

學問事功本自同原有一番鑽研卽擴一種識量將來勳猷炳煥更有韞蓄之象答蔣薌泉

哥匪敝處出告示但問其有罪無罪不問其是會非會庶免人人自危家家報仇之風敝處之示不妨從寬尊處之法不妨寬嚴互用雖微

有異同而適所以相成也　會匪之案止許科以本罪則匪首不能百計煽誘而從之入會之衆退既可以保性命必不甘冒險以從亂四五兩年僕處于蒙亳查辦圩寨擒斬百計民情帖然蓋所辦者皆有殺人搶劫之實蹟不僅有從捻之虛名故株累者少哥匪之事似可倣而行之（復劉韞齋）

披閱所抄李氏族叔傳誠等家信其中所引典故大半本於晉賀喬妻于氏表文未必十分中禮所述從前情事稱王氏恩誼已斷尚非過當之論本部堂考核古禮無與此案恰相脗合者惟查古來名臣如吳之朱然本姓施氏周逖本姓左氏魏之陳矯本姓劉氏宋之葉夢鼎本姓陳氏即當代名族如嘉興錢文端公之先本姓何氏合肥李爵大臣之先本姓許氏其後皆未歸宗必有權衡于至當者乃不爲世所譏本朝言禮之書惟秦文恭公蕙田之五禮通考最博且精其所引金史張詩一案詩本李氏子育於張氏閱卅年始知初議歸宗終以張氏無子遂仍其舊秦公稱張詩爲孝今貴軍門王氏本生之父母尚有衆兄弟承祀而李氏撫養之父母別無主後正與張詩之事相類權度禮意應爲李氏後不必歸宗（批李朝斌歸宗請示牘）



抽釐本出於萬不得已如卡員中能以廉字奉公以恕字恤商以勤字戒司事之阻延以慎字禁胥役之暴慢則有濟於餉而不甚病於民亦人所共諒也該總局常以此四字稽察各卡釐政當有丕變之象（批何中翰到蘇省釐局來牘）

此案籌議兩月不能斷決博詢衆論力主修復淮瀆故道者固多而辦難者亦復不少難者之說不盡平允而有數事可信者一謂淮陽農民窮困鹽商亦極疲乏不忍再捐即捐亦不能年內即至百萬之多一謂章程第八條之遙隄做幫掃工第九條之河渠出土宜遠縷堤寬百餘丈乃是正經辦法河身豎土板沙斷非如第三條溝線跌塘之法所能爲力一謂洪湖北高南下形如側釜埶難引全湖之水盡出清口中河比洪湖尤高埶難挽南趨之水折而東注此三層皆近理之言欲復淮瀆經費既慮其太鉅效驗亦茫無把握惟復瀆之大利未敢必其遽興而淮揚之大害不可不思稍減減害之法仍不外乎分淮流以入故道擬就稟中所謂成子河引淮入黃者作此案之正文不但三河緩堵即清口亦可緩開應至海口起西至桃源濬此五百餘里之河身修築縷隄遙

隄工不可率費不可省自戊辰年起每年籌銀卅萬倘歲事豐稔軍務稍鬆倘可增加逐年修濬自下而上濬至楊莊高築南隄則中河泗沂之水可東行注海矣又濬至桃源則刷開成子河可分淮入黃矣如果自成子河至海一律通暢測量水埶不至掣溜南趨再行掘開清口多一分淮之路如清口一律通暢再行堵塞三河以弭下河之災目下軍餉緊急籌款極艱然亦不能不急辦以慰該紳民之望准於本年八月起至明年三月止陸續撥銀十萬在于雲梯關以下先行試辦并於清江開設導淮局派委官紳履勘水陸測量高低製備器具博採異議熟商工程做法其公呈中所未及者如自高良澗以至清口節節淺窄尚須分別闢濬自雙溝以至舊縣亦須酌濬湖身推之奎河睢河均須大加開濬使徐宿之水導歸于淮皆應由局中查勘定議刻成導淮事宜一書分別緩急次第興工不求速效但求實濟不求利多但求患減仰淮揚道徧傳該紳等知照（批淮揚紳士請濬復淮瀆故道牘）

立局之初以測量地埶高下爲先務如桃源成子河中運河吳城七堡張福口高良澗三河及雲梯關以下各處均須細細測



量本部堂六月具奏戶部於十月始行議復爲時太遲且測量未準亦不敢率爾興工虛糜帑項今年止須酌發局用經費暫不撥款開工俟測量審確議定工程先後再行鳩集夫役認眞舉辦無違（飭開導淮局劄）

一濬復淮瀆當以修築運河東西兩隄爲首務二三年內必將全隄修築堅好以弭裏下河切近之災其修六塘河分沂泗之水從淮六塘入海亦可減淮瀆之盛漲所需員弁不可過多得人則一二員亦可幹大事不得人則員愈多而事愈無頭緒（批淮揚道請經費稟）

仰淮揚道博稽衆議專案詳覆所以議修闢六塘河者有鑒於丙寅年清水潭之災故欲分沂泗之水由六塘河入海免致山東全省之漲併力南趨致高寶一帶運河又生奇變也今該紳議以六塘一開增海沭之患而無以收盪刷之力則淮瀆故道尤無冀望本部堂向不甚信盪刷之說蓋以堤束水以水刷沙惟束之緊而後能刷之深亦惟黃水之力而後能衝刷所刷者流行之活沙非未開之生土也若淮水之力稍弱又無高堤以緊束之卽活沙已難衝刷況生土哉況沂泗哉（此言淮水力弱于黃與向來束淮刷黃之說不合）是挖溝線以刷生土之說決無效驗借

沂泗以刷淮故道之說亦頗渺茫惟六塘果否增海沭之患尙應詳議　批山陽縣舉人丁顯稟導淮說
導淮以減漲爲主腦減漲以測量高下爲先務其蓄水運鹽民田等事均俟有餘力而後及之據云通籌全局必使中河六塘河鹽河三處終歲無盈缺之患方爲盡善本部堂之意則謂圖事斷難萬全但求兩害相形則擇其輕若漲時果不太盈則消時稍缺亦猶是害之輕者尙在可辦之列且終歲無盈無缺究竟有何方法仰仍飭委周歷勘舉後確實定議　批淮揚道查看河務情形稟
據稟於飭吏練軍治河均能切實指陳實事求是洵爲快論但謂三事之壞皆由於窮說猶可通謂不窮則其效立見殊不盡然論道府坦然收受公款斯不求治而自治此言偏蔽尤甚果若所云則富官人人皆賢窮官人人皆劣石崇必爲賢臣而家可不敗隋煬必爲令主而國可不亡矣大氐欲辦大事求人與豐財二者不可偏廢有人無財閒有拮据而成事者有財而無人則斷不能成一事至云道府取給於州縣宜易其名摧其數飭令分季解送欠則催提本部堂於元年定江西漕章即提出一款作爲知府辦公之費禁取節壽正與此說相



合乃行之數年吏治毫無起色近聞知府仍收節壽如故矣可見窮者不能舉劾屬員而富者未必皆爲良吏仍視乎其人耳武營餉項近年庫款未充不無積欠而各營或賢或否氣象究竟不侔即嘉道閒按期給餉而或整飭或廢弛要亦不能一律今則積習日壞縱使黃金如土亦未必能整頓緣營此大政之最難挽回者也河工稟報勘修由廳而道而司而院輾轉申請多方稽延銀數減於舊者太多又不能按時支發以致累年失修稟中所稱宜委員歷勘奏興大工以後逐年修做皆至當不易之論今年辦永定河工旬日內撥發十餘萬金毫無尅扣即是欲變勘轉稽延出納太吝之陋習然財力已竭矣現在力籌修濬大清河而滹沱及南運北運等河尙未議及此則誠無財之爲害耳發去清訟事宜勸誡淺語各二本聊備省覽繳仍候飭局知照　批答陳元祿飭吏練軍治河條陳　八年

四月十四日

左文襄遺事　答吳桐雲書云僕童兒時即知慕古人大節稍長工爲壯語視天下事若無不可爲　徐君墓表云余年十四五好弄敢大言每成一藝輒先

自記　子孝同先考事畧云府君嘗言吾十八九時購方輿紀要喜其所載山
川險要戰守機宜瞭如指掌兼得郡國利病書及水道提綱於可見之施行者
另編存錄之　賀長齡一見以國士相待見與譚文卿書悉發所藏官私圖史借與披
覽見奏請將賀公宣付史館摺　年廿一考官徐法績搜遺卷得公監臨巡撫吳榮光避席
賀主司得人見吳荷屋衡岳開雲圖跋　陶文毅公乞省墓道醴陵公掌醴陵淥江書院一
見目爲奇才爲留一宿見事畧　北行會試至漢口與夫人書云舟中遇盜談笑
卻之見者驚問何處遇盜曰非盜也夢囈耳前夜有談牽其被者卽大呼捉賊
鄰舟驚起問者曰閨閣中亦大言相欺耶公曰爾何知鉅鹿昆陽之戰亦史家
敘次栩栩耳豈實事耶見歐陽兆熊水窗春囈　三試禮部不弟遂絕意進取見周夫人墓志
探討農書平生以農學自負見與譚文卿書　手鈔經史存於家者五十六册見年譜
胡文忠與程晴峯制軍啟云左孝廉品高學博性至廉潔在陶文毅弟中讀國
朝憲章最多其識議亦絕異其體察人情通曉治體當爲近日楚材弟一道
光辛丑英人據香港官軍不利公謂非嚴主和玩寇之誅詰縱兵失律之罪則



人心不聳主威不振見上賀蔗農書　胡文忠致張石卿書云季公在小淹時每與林
翼縱談自嗟遲暮以爲非夢賚良弼不可有爲　公與賀蔗農書云潤之盤桓
十日以慮事太密論事太盡爲戒切中弊病然其論出言不宜著邊際似又不
然也　胡文忠薦公林文忠不赴見復胡公書　林文忠引疾還閩道湖上遣人招
公一見傾倒詫爲絕世奇才見胡文忠書　答劉毅齋云卅年前與林文忠談及西
域時務文忠言西域屯政不修地利未盡不能富強道光十九年遣戍時曾於
伊拉里克及各城辦理屯務與水利功未告蕆已經伊犁將軍彥泰奏增賦額
廿餘萬兩旋蒙恩旨入關頗以未竟其事爲憾　咸豐元年舉孝廉方正制科
以廣西賊起巡撫張亮基召參軍事遂不應舉　胡文忠與張石卿書云前舉
衡湘之士七人左子季高則深知其才曾三次薦呈此人廉介剛方秉性良實
忠肝義胆與時俗迥異其胷羅地圖兵法國朝憲章精通時務使所謀有成必
不受賞　又與公書云張中丞冋林文忠一流人物也思君如飢渴林翼非欲
涸公於非地惟桑梓之禍見之甚明設先生屈已以救楚人所補尤大區區愚

誠未嘗深察且加誚讓更謂入山從此日深異哉先生自爲計則得矣國家積累二百年虛生此獨善之身諒亦心所不忍出也設楚地盡淪於賊柳莊梓木洞其獨免乎　江忠烈有書勸駕郭筠仙昆弟及公兄宗植皆勸行二年八月乃應聘（見與胡潤之書）　公負才氣喜言事亮基一以兵任之（見郭氏劄記）　張公署湖廣總督以公隨往張公每夕挈闕防以屬公曰軍情瞬息有事先發後告奏薦以知縣用加同知銜　駱文忠撫湖南追敘平徵義堂功得旨以同知直隸州選用（年譜）　駱公遣書幣入山三請時賊陷岳州距長沙七十里四年三月遂就聘（見與潤之書）　自是盡己汞凡六年遂專湖南軍事　五年十二月戊午郭嵩燾召見溫諭移時問左宗棠可相識有無書信往來汝寄左宗棠書可以吾意諭知當出爲我辦事左宗棠所以不出何故想是功名心淡對曰左宗棠自度賦性剛直不與世合在湖南與駱秉章契合不肯相離上曰左宗棠多少歲對四十七歲上曰再過兩年五十歲精力衰矣趁此年力尚强可以勸令一出任事閧渠有意會試有此否對有之上曰左宗棠何必以進士爲榮他有如許才須一出辦事也對左宗棠是豪傑皇上如要用他他亦無不出之理（見郭寄書）　六年正



月曾文正奏論公籌濟軍餉功以兵部郎中用賞戴花翎七月胡文忠奏薦畧曰臣與左宗棠同受業于前御史賀熙齡之門深知其才學過人於兵政機宜山川險要尤所究心臣曾薦於前兩江總督臣陶澍雲貴總督臣林則徐均稱爲奇才湖南撫臣張亮基駱秉章先後招入幕府事襄兵事其力能兼江西湖北之軍而代臣等爲謀業經御史宗稷辰奏明在案該員秉性忠亮才堪濟變敦尚氣節而近於矯激面折人過不少寬假人多以此尤之故不願居官任職伏思聖明之世正氣常伸該員畏罹世網殊爲過慮但久在兩湖辦事所用多係楚人自是廉頗思用趙人之意不樂吏職可從其志義在討賊諒無可辭臣既確知其才謹據實臚陳聖聽以儲荊鄂將材之選（年譜云此疏不見胡集從左文襄家檢得）　七年五月上諭湖南舉人左宗棠前經曾國藩奏保以郎中分發兵部行走復經駱秉章奏該員有志觀光俟湖南軍務告竣遇會試之年再行給咨送部引見見當軍務需才該員素有謀畧能否幫同曾國藩辦理軍務抑或無意仕進與

人寡合難以位置著駱秉章據實陳奏欽此駱公以湖南軍事方急奏留公自
助　八年九月駱公奏薦公連年籌辦礮船選將練勇均能悉心謀畫詔加四
品卿銜　九年四月賊圍寶慶諸將進止不一公請身赴軍籌度駱公以左右
無人不令去見與胡文忠書　永州鎮總兵樊燮以貪縱被駱公劾罷樊在湖廣遞稟
又在都察院呈控畧言永州府黄文琛商同候光裕通知在院襄辦軍務紳士
左某以圖陷害奉旨交湖廣總督官文湖北正考官錢寶青審辦八月廿五日
將樊燮妄控奏明將查明賬簿公稟樊燮親供咨送軍機處公於十年正月出
幕府請咨赴京會試見駱文忠年譜　年譜云召公對簿武昌胡文忠力解之得不逮
公與劉峴莊書云近爲官相所中傷　胡公與公書云問公者湘人非鄂人
此沛公左司馬之類也何足介意　十年三月至襄陽與郭意城書云抵襄陽
毛寄耘觀察出示潤公密函言含沙者意猶未慊網羅四布足爲寒心蓋二百
年來所僅見者帝鄉既不可到不得已由大別沿江而下入滌老營暫栖羈羽
與李希庵書云將就滌老及麾下作一營官自効　鄂督以樊燮呈訴湘撫



與奏牽及左公錢萍江副憲典試湖北卽交查辦左公歸案審訊郭嵩燾時入
直南書房以爲左君去湖南無與支持必至傾覆東南大局不可復問同直潘
伯寅侍書悉用其語入奏奉旨著曾某查明覆奏文正公遂奏令募勇專任浙
事不復就訊湖北見郭自叙集　曾文正與駱公書云左季翁自領一隊之說侍勸
其不必添此蛇足今已作罷論矣　胡文忠與駱公書云季丈以幕府而見疑
則義當隱居林翼不能強留季丈於皖中而實願其暫隱以待明詔之復起
公與劉印渠書云家書到遂恩遽言旋忽滌公奉廷旨垂詢鄙人中言官帥感
於浮言爲之昭雪尤可感也又與陳俊臣書云在宿松時滌公忽奉寄諭聖意
於宗棠出處一節垂詢再三并爲昭雪知鄂帥之說不行欽感靡旣　寄諭曾
公云左某熟悉湖南形勢戰勝攻取調度有方目下賊氛甚熾兩湖亦所甘心
應否令左某仍在湖南襄辦團練事抑或調赴該侍郎軍營俾得盡其所長以
收得人之效會公覆奏左某剛明耐苦曉暢兵機當此需才孔亟之時無論何
項差使惟求明降諭旨俾得安心任事必能感激圖報有裨時局　胡公亦上

奏曰左某精熟方輿曉暢兵畧在湖南贊助軍事遂以克復江西貴州廣西各
府州縣之地其剛直激烈誠不免汲黯太戇寬饒少和之譏要其籌兵籌餉專
精殫思過或可宥心固無他應請天恩酌量器使請旨飭下湖南撫臣令其速
在湖南募勇六千人以救江西浙江皖南之疆土必能補救於萬一　公與孝
威書云官相搆陷其時諸公無敢一言誦冤潘公入告蒙諭垂詢諸公乃敢言
左某果可用矣　五月奉旨以四品京堂候補隨同曾公襄辦軍務募勇五千
人　胡公與郭意城書云統將公費月七百金尚不能餘一錢必須有此乃不
窘手季公不顧其家應請額門前輩飭鹽茶局每年籌三百六十金以贍其私
又與公書云軍事以用財養賢爲正法眼藏世無不用錢之豪傑公之小廉曲
謹婦孺知名矣不以一錢自奉又何疑而不以天下之財辦天下之事乎　克
復婺源浮梁守景德鎮以新軍當劇寇祁門三面皆賊僅留景鎮一綫之路以通接濟事聞以三品京
堂候補拒守樂平擊敗圍城賊兵曾公奏公幫辦軍務曾公與希庵書云二月至三月文報糧路斷絕
景鎮淪陷左軍隔斷徽州兩挫此三旬危險之際鄙人不肯移嶺外逮左公大捷鮑軍亦到景浮樂一律肅清即定計移駐東流　五月授公



太常寺卿命率師援浙曾公奏留公軍保婺源七月文宗崩八月胡文忠公薨
十月公移軍廣信　曾文正公定議援浙奏云左宗棠平日用兵取勢甚遠審
機甚微近日屢與臣等書函毅然以援浙爲己任於是詔公督辦浙江軍務杭
城旋陷十二月命公巡撫浙江曾公於杭州破時與公書云已附片密請簡閣下爲浙撫　同治元年春自
婺源勦浙克遂安進江山大破李世賢曾公與書云侍亦兩年之內再爲雄師
所挫皆在二三月間浙賊雖多要以侍亦爲劇寇從此當不敢再犯顏行浙事
必漸次旋轉沿江兩岸連克九城弟不敢引以爲喜獨閣下捍禦强寇不令江
西東北再遭蹂躪卻是非常之喜　二年四月奏授公閩浙總督仍兼浙江巡
撫　是月奏稱江西漕折奏撥四萬沈葆楨奏留供本省之用徽甯兩防每月
額餉廿万皆由浙江供支臣指定河口景鎮等卡協濟左宗棠月三萬兩是後
有與左制軍書云景鎮河口之釐日旺由公委任得人之故自無疑義顧二處
之旺謂他處之衰爲有侵佔弟卻無此疑團即閣下自恐有侵佔弟亦了不記
憶　是年核減杭嘉湖漕糧浮收　三年賊目陳炳文以杭州勢蹙遣人詣李

公鴻章所請降李公使至公所已而城賊殺內應己中變公密知其狀陳炳文
約降公報許之而急督蔣益澧軍進攻冦開城夜遁捷聞加太子太保銜賞穿
黃馬褂　六月克金陵九月江西軍將席寶田獲洪福瑱於石城礫之封公一
等恪靖伯　四年十二月殲賊嘉應州洪秀全餘黨悉平賞戴雙眼花翎　五
年三月朝議購雇輪船公以購雇不如自造上疏請於福建海口羅星塔設廠
購機器覓僱洋匠造船　釐定閩鹽稅課　減兵併餉奏云閩之兵額六萬二
千浙之兵額三萬七千二百合計已近十萬挑留可練之兵五成有餘即以裁
兵四成有餘之餉加給之計守兵月可得銀三兩戰兵三兩數錢　釐定閩省
進出款項請停革攤捐陋規另籌公費　九月詔公移督陝甘奏請沈公葆楨
主船政三造其廬敦促之是時購辦機器未還乃先開求是堂藝局選聰穎子
弟習英法語言文字算法畫法奏言設局所重在學造機器以成輪船事雖難
有所不避奏入上曰創立船政實自強之至計左某大臣謀國所見遠大自當
堅定以期有效　福建士民請巡撫代奏籲留公溫旨綏公行且曰俟甘肅底



定朝廷不難令左某復來閩也　六年正月授欽差大臣督辦陝甘軍務四月
請撥江蘇滬防例由海關預借洋商銀百廿萬兩餉軍委道員胡光墉司其出
入上從之　十一月捻逆由冰橋渡河竄山西　十二月請由海關續借洋款
二百萬兩　七年六月與平西捻進太子太保　七月命公入覲命公與李公
等曉諭各營有忠勇奮發願從西征者聽候遴選公奏陝甘之事籌餉難於籌
兵籌糧難於籌餉籌轉運尤難於籌糧臣擬俟回陝後將陝甘餉事悉心考究
度可養勇若干再擇營哨各官赴安徽河南開募以符楚軍舊例此時未敢草
率從事　八月入覲賜紫禁城騎馬　召對詢西事度何時可定對當以五年
爲期　九月行抵彰德奏曰陝西每年缺餉一百四十餘萬兩甘肅每年缺餉
三百餘萬兩茲幸各省解嚴請籌陝甘常年實餉自明年爲始每歲於各海關
稅各省釐金項下提實銀四百萬兩爲部議所持十月至西安十二月復抗疏
爭之　八年正月又奏楚軍馬步約共七十營每月約共需銀廿一萬餘兩每
年約共需銀二百五十餘萬兩楚軍營制步隊每營連長夫共六百八十八人

馬隊每營運長夫共五百八十八人步隊五十五營馬隊十五營合共四萬五千七百餘人文武隨員差弁役夫及遠近各局人數無定共約五萬餘人馬約五千匹每人日食米一升每日需米五百石每月卽需米一萬五千石陝省市價及各省採買大米每百斤長跌牽算約需銀四兩上下麥麪粟米每百斤約需三兩上下弁勇所得薪糧食用外所餘無幾若長夫則口糧三兩并食用亦且不敷養兵之難如此各軍每領官糧百斤止扣價銀三兩其餘不敷之數除運腳外每百斤約不敷銀一兩及七八錢不等每月合算卽不敷銀一萬五千有奇至馬乾一項原定每馬一匹月支銀三兩陝省見在市價每馬日食麩三斤料三斤草十二斤月需銀五兩有奇若追賊兼程尙須酌加喂養則不敷甚鉅畜馬之難又如此臣於各營所領麩料柴草等項亦皆格外從減扣價每月計不敷銀萬餘兩明知爲例不應銷之款不得不通融挹注以收飽騰之效總計米價馬乾兩項每月約需銀二萬餘兩每年約需實銀廿餘萬兩一採買製造臣軍七十營合之劉松山郭寶昌李輝武等客軍尙不止百廿營洋槍洋礮



洋火藥則陝軍甘軍槪由臣局供支由上海采辦價直昂貴其他軍裝所用銅鉛鋼鐵纓藤麻紙油漆竹木等事無非購自遠方棚帳旂幟號衣例應半年一換見又招募浙江工匠備機器來陝製造洋槍銅冒開花子等件所費又復不貲棚帳號衣兩項有定之數每年不下十餘萬兩其軍裝軍火無成數可計每年又約需銀十餘萬兩二共需銀卅餘萬兩一轉運陝省水路溯江漢溯黃河盡係逆流推挽陸路夫運馱載峻岅崎嶇艱難萬狀夫運以五十里爲一站馱運以六十里爲一站陸路已十餘站至廿餘站不等各軍采買糧食均購自四川湖北河南山西等省水陸遠近牽算每石約需運腳銀四五兩月需銀十五兩有奇其軍餉軍裝軍火均由上海水運鄂臺由鄂臺水運紫荊關龍駒寨等處然後陸運西安再由西安分途解赴前敵各軍大約每月總需銀二萬餘兩每年運腳需銀一百五十餘萬兩以上薪糧及變通糧價專就臣所部楚軍而言每年共需銀二百八十餘萬兩其餘采買製造轉運則楚陝各軍及駐陝甘軍并劉松山郭寶昌李輝武等客軍均由臣統籌分給每年又需銀一百八十

餘萬兩統計西征實餉每年需銀四百六十餘萬兩奏入戶部歲增撥釐金三百萬兩公請敕翰林院侍講學士袁保恒駐陝總理西征糧臺（公後旋奏各省原協臣軍餉銀三百卅萬兩署督臣穆圖善軍餉銀一百卅萬兩署撫臣劉典軍餉銀六十萬兩又添撥釐金三百萬兩總計八百一十萬兩）劉松山進規金積堡綏遠將軍定安聞靈州回變隔城上急奏言劉松山輕進濫殺激變上諭寧夏甘回投報已久此次輕進激變著左某查明具奏其馬化隆陽爲歸順陰縱黨與滋擾變亂情形著穆圖善據實具奏穆旋奏馬朝清實已撫良回劉松山激變事端恐甘省兵禍無已時即將來左宗棠勦而後撫亦未必能堅回民之信上下其議於公公奏馬化隆就撫後購馬造械與陝回首尾自靈甯達西甯南通河狄各回民無不仰其鼻息穆圖善會令其招撫西甯河狄回而不之懸常蹂所部掠蒙古藩部臣接靈州紳民之禀聳惕不安頗慮失此不圖張駿元昊之患必見於異日一切勦撫機宜俟劉松山察酌定局而後會同穆圖善具奏　九月劉松山破馬家寨搜獲馬化隆糾黨抗拒僞札結銜統理甯郡兩河等處地方軍機事務大總戎馬鈐以僞印（見公克靈州奏）公以狀聞廟謨始定　九年正月劉松山戰沒回埶復張陝甘全局大震上移李公援黔軍入關督勦六月召李公入畿甸　十月上以金積堡攻逾年不下寄諭讓公　十一月金積堡圍合馬化隆束身歸罪十年正月馬化隆伏法於是跳禁新教（見本集）論諸將功賞加公一騎都尉　四月設書局於西安刊書經費由養廉項下撥付　初西甯回民安明以新教游關外同治三年乘陝甘漢回構變倡亂據烏魯木齊戕都統提督遣黨分踞瑪納斯吐魯番各城會俄羅斯滅敖罕所部安集延獨晃喀什噶爾奸回金相印導其酋帕夏闌入邊城遂盡陷南路八城北疆回時亦攻陷伊犁（西國近事云據烏魯木齊者爲東干尼族叛攻伊犁者爲克蘭西族）帕夏既據有回部再以兵攻安明安明乞降帕夏仍使守烏城別以甘回馬仲爲阿奇木監之迪化團軍將徐學功起兵斬馬仲其子馬人得復襲僞職與安明積不相能復糾安集延兵攻安明安明走死瑪納斯城時同治九年也於是帕夏遂於各城征收地稅令回漢易服效其國俗由是新疆全境悉失至是年五月俄羅斯以回數擾其邊境遽以兵逐回民取伊犁且聲言將代取烏魯木齊於時烏魯木齊提督成祿久

駐肅州高臺不敢進詔榮全署伊犁將軍收伊犁趣成祿率所部出關會都統
景廉軍規烏魯木齊劉銘傳率淮軍自陝西道肅州繼進詔公分軍進駐肅州
公言俄人既稱代爲收復一時似難遽起衅端見在隴右兵事方殷固難舍近
圖遠卽令河湟甘涼一律肅清苟非釁自彼開亦未可橫挑肇釁是時日本始
請通商公言可許不須多所裁抑是時各省關積欠西征協餉已一千二百萬
是年設製造局於蘭州　十一年正月收降河州是時陝回白彥虎據西甯大
小南川已就撫後復懷兩端　二月曾文正公薨公家書勅子弔祭且言吾與
曾侯所爭者國事兵畧非爭權競埶比從前彼此爭論每拜疏後卽錄稿咨送
可謂鉏去陵谷絕無城府至兹感傷不暇矧負氣耶同時纖儒妄生揣擬之詞
何值一哂是時劉銘傳病歸前甘肅提督曹克忠代領其眾旋亦乞病以劉盛
藻代之屯乾州　四月內閣學士宋晉議裁福建船局寄諭詢公公上疏力爭
遂寢其議　八月馬桂源糾西甯土回約陝回俱變推其兄馬本源署西甯游
擊者爲元帥西甯城東北阻湟水兩山對峙湟水中流古所稱湟中也上疏請



調宋慶一軍自神木赴甘助剿請張曜自甯夏分駐靈州花馬池騰出譚拔萃
赴西甯詔從之　公與諸子書云西甯古鄯善地大峽小峽羣山對峙亘八百
餘里湟水出其中漢所稱湟中也（湟中鄯善似非一地當考）正北威遠堡漢蕃襍處卽晚唐
所稱沙陀西南通巴燕戎格循化撒拉回番以達河州通西藏西通青海地險
民悍明以前僅羈縻而已國朝設青海辦事大臣控制蒙古回番慶光中回番
漸作不靖林文忠琦靜菴沈朗亭諸公督陝甘時有用兵之事均未得手同治
初元陝回構禍蠭起響應西甯辦事大臣玉通爲回所制以循化回紳馬桂源
署西甯知府玉通死豫師嗣事後陝回白禹雀糾黨萬餘據大小南川馬桂源
請驅逐陝回我堅持剿撫兼施定見先令繳馬械一面令何提督進碾伯毅齋
繼之馬桂源則陰約陝回同抗官軍自八月至十月六十餘日血戰五十餘次
皆獲勝掃除蟻穴徑薄西甯城難民數萬不自料其復見天日見在陝回土回
皆告哀乞撫大約賊埶已孤撫易而剿亦易河湟自古爲荒服未能與中國同
風并洽此次於至險之中克獲至順將士勞烈實漢唐所未有　十二年七月

下肅州優詔褒賞進公協辦大學士前賞騎都尉世職改一等輕車都尉世職
白彥虎竄由哈密至巴里坤紅廟子（即烏魯木齊）嚴旨促金順出命公轉運十二
月奏言出關之兵宜審糧運宜審計金順張曜額爾慶額共一萬數千人由肅
州至安西每糧百斤需銀十一兩七錢內外自古關塞用兵在精不在多今擬
出關之金順張曜額爾慶額所部已一萬數千宋慶一軍請留俟明年秋後繼
發（後經錢鼎銘調回汴中）臣再精選數千屆時慎擇統將率之同行庶邊塞肅清可操全
算疏未入寄諭令金順赴古城規烏魯木齊額爾慶額隨金順西進張曜宋慶
馳往哈密穆圖善所部赴安敦至左某統籌糧餉轉運公奏由哈密前進糧運
事宜斷非臣力所及金順張曜各有專餉無待臣籌額爾慶額所統馬隊穆圖
善解存三萬兩臣撥交馬隊已各發滿四个月餉惟臣軍餉項奇絀如各軍視
爲公中糧臺無論點金之術且將來款目轇輵從何銷算非由部臣派員專立
一案不可又以穆圖善步軍難恃奏請撤遣以節糜費從之　奏請甘肅分闈
鄉試并分設學政　十三年正月刊種棉十要設局教習紡織　四月日本兵



入臺灣沈公葆楨渡臺設防各省以臺灣兵事停解西征協餉公請復由上海
轉運局借洋商銀三百萬上許之　七月進東閣大學士　詔公督辦關外糧
餉轉運以戶部侍郎袁保恆爲幫辦移西征糧臺於肅州袁保恆遵旨籌備公
奏肅局採辦轉運可保無誤袁保恆毋庸拘照移臺肅州諭旨敕於烏里雅蘇
台科布多巴里坤擇一處移臺兩處設立分臺庶北路儲峙充裕又以張曜已
進哈密復奏遣興屯　十一月河州回叛號十萬人劉錦棠破降之　十二月
穆宗崩　光緒元年正月袁保恆以公前奏乃請移西征糧臺於巴里坤上下
公議公方訪知歸化包頭取道射臺大巴至巴里坤爲商旅通行之路公以袁
保恆移台巴里坤仍注意肅州乃覆奏其不便會都統景廉奏北路烏科等城
苦寒無糧可采巴古新復之區情形艱窘必應由關內接濟左宗棠前奏軍糧
祇能運送哈密請仍飭左宗棠將後路糧運臺站查照成案籌畫毋存諉謝科
布多烏里雅蘇台大臣額勒和布等亦以爲言朝議仍責公實力籌辦力任其
難時李公覆奏海防條議請罷西征勻作海防之餉寄諭中國不圖規復烏魯

木齊則西北兩路已屬堪虞且關外一撤藩籬難保回匪不復嘯聚肆擾近關一帶關外賊氛既熾雖欲閉關自守執有未能現在通籌全局究應如何辦理之處著該大臣酌度機宜妥籌具奏公奏此時卽停兵節餉自撤藩籬則我退寸而寇進尺不獨隴右堪虞卽北路科布多烏里雅蘇台等處恐亦未能宴然是於海防未必有益於邊防則大有所妨利害攸分亟宜熟思審處者也疏入命公以欽差大臣督辦關外剿匪事宜并撤西征糧臺景廉袁保恒入京供職金順爲烏魯木齊都統

李雲麟奉命赴西陲軍營進見文文忠公文忠曰方今建議諸臣多因海防喫重請暫停西陲用兵畫關而守廷論疑之余因會議時抑衆議之不決者力主進剿幸蒙俞允因有命左相督師之諭我朝疆域與明代不同明代邊外皆敵國故可畫關而守今則內外蒙古皆臣僕倘西寇數年不剿養成強大無論壞關而入陝甘內地皆震卽駛入北路蒙古諸部落皆將叩關內徙則京師肩背寒彼時海防益急兩面受敵何以禦之此次以陝甘百戰之師乘銳出關破未經大敵之寇烏魯木齊轄境不難指日肅清也（見李雲麟西陲述略）



五月俄國遊歷官索思諾福斯齊等五人至蘭州公引居節院俄員具言其主意與中國和好伊犁駐兵原防回匪侵害俟中國復烏魯木齊瑪納斯卽便交還本國與中國從無交兵之事不至怨啟衅端語次微露輕英之意言及廿年前與英交戰之事自鳴得意最後述其來意因彼國辦茶由上海船運天津陸運張家口以達恰克圖計程六千里由邊界運銷各處又數千里萬里不等若由湖商運茶至古城烏魯木齊諸處銷售最爲便利公答以陝甘總督銜繫茶馬本可與聞且俟邊事定後再議（以上見與劉峴莊書）并自請代採購軍糧自其國在山諾爾（卽宰桑淖爾）運至古城欲速師期只通茶運相與定約而別

六月奏西兵屯墾之弊曰既挂名武籍又令其從事耕耘譬猶左手畫圓右手畫方兩者相兼必致一無所就宜畫兵農爲二擇其精壯有膽之兵束以營制其愿弱不任戰者散之爲農令其承墾由官酌給子種農器耕牛收穫後繳本歸倉外不取息所穫糧石由官照時價收買簡其精壯營伍可得而實散其愿弱屯墾可得而增兩利之道也

是時餉匱以滇茶未定各省稅釐留辦海防公乃奏

請援臺灣成案借洋款一千萬兩歸各省關西征協餉分十年劃還　二年二
月沈公上言臺灣之役外省毫無接濟出此下策嗣借二百萬倭事已定臣即
不敢再申前請左宗棠前借之三百萬扣至光緒四年始清而續借千萬今年
即須起息明年即須還本海關應接不暇而西陲之士飽馬騰不及兩年涸可
立待進兵愈遠轉運愈難將半途而廢乎執必不可將責各省關於還債之外
另籌接濟乎執又不能將再借洋款乎海關更無坐扣之資呼亦不應徒令中
興元老困於絕域事豈忍言者此臣等所以反覆再四不敢為孤注之一擲也
詔下公議公奏沈葆楨辦理臺防曾借用洋款六百萬兩因倭事速定部議停
止四百萬今倭息而西事起應請敕兩江督臣即代臣借洋款四百萬奏入寄
諭左某既以肅清西路自任何卹籌備鉅款俾敷應用以竟全功著戶部於庫
存四成洋稅項下撥給二百萬并准借洋款五百萬各省應解西征協餉提前
撥解三百萬以足一千萬兩之數洋款如何籌借著左某自行酌度奏明辦理
公奏本年得五百萬足資周轉洋款擬待來年始行議借從之　三月抵肅州



四月劉錦棠率師出關公戒以俟古城存糧稍有贏餘然後再進緩進急戰
是時俄糧至古城者四百萬斤自歸化包頭繞五千里運至巴里坤者五百萬
斤此路公所新得豈能易於內地籌糧邪　自甯夏至者百餘萬斤由肅州運至安西哈密者千萬
斤其已遞至古城者亦四百萬斤袁保恒設肅州糧臺公不允與之疏辨而是去之今仍自肅州運糧此皆公爭意氣處
時大舉出關議者以為竭東南鉅餉懸軍深入公曰關隴既平不及時規還舊
城其勢必折而入於俄奏言烏魯木齊踞逆多本地土回逆首白彥虎所帶陝
回及甘肅從逆之回踞紅廟子古牧地瑪納斯等處而皆與南路回酋帕夏通
帕夏者即敖罕部安集延回首和碩伯克也帕夏當即伯克轉音俄羅斯既平
敖罕踞其塔什干都城敖罕所部安集延獨免同治四年乘回部之變入踞南
路喀什噶爾及各回城於是吐魯番闢展以西土回皆附之帕夏能以詐力制
其眾從印度多購西洋槍礮陝甘竄據之逆及本地土回均倚以為重不敢顯
與俄較俄人頗言其狡悍官軍出塞當有數大惡仗如其併力穩抗自可獎率
師徒為一了百了之計倘詭詞乞撫仍思踞我腴疆或兵至即逃乘間竊逞為

死灰復然之計則新疆隱患方長豈可不預為之所康熙雍正兩朝為之旰食準部也乾隆中準部既克續平回部始於各城分設軍府然後九邊靖謐數十年是則拓邊境腴疆以養兵之效也國家得新疆年年運內地之餉以贍之此亦非實公後有奏高宗時餉不外增以節抵賓尚餘廿一萬餘然奏內又言新疆歲需二百數十萬兩甘肅歲需二百數十萬兩本承平時豫撥常例今伊犁為俄人所踞喀什噶爾各城為安集延所踞若此時置之不問後患環生不免日蹙百里之慮

六月拔古牧地城白彥虎遁乘勝下烏魯木齊迪化州捷奏言烏魯木齊各城為新疆關鍵自同治三年逆回妥明肇亂戕都統提督竊踞其中逾二年自稱清真王遣其黨分踞古牧地吐魯番瑪納斯城又六年與安集延戰敗於庫車妥明乞降仍令為清真王守烏城別以馬仲為阿奇木總管各事嗣徐學功陣斬馬仲其子襲阿奇木偽職復糾安集延攻妥明妥明既斃安集延遂於此地征收地稅令回漢皆光頂圓領效其舊俗而烏垣各城遂淪為異域矣迨陝逆白彥虎竄至知勢不敵安集延凡帕夏所欲不敢違也故帕夏日富而土回日貧此次自關內出兵踰伊吾車師越大山蒲類重險以與犬羊角逐幸聖謨



廣運樞垣訏臣詳為籌措俾將士一意前驅旬日之閒連下堅城非微臣始念所及　烏魯木齊既克昌吉呼圖壁瑪納斯北城各寇悉弃城南遁獨瑪納斯南城韓刑濃恃其城小而堅擁眾距守　七月帕夏聞北路悉失遣騎收敗眾入踞達坂城而身至托克遜築三城守之公以師行日遠留防之軍日增進戰之兵日減軍興以來始稱精軍末路或難復振半由於此又一至阿克蘇則局勢寬濶北近伊犁而葉爾羌之東南又遙與和闐相接均須分支扼其摠要乃奏調卓勝軍金運昌馬步五千人餉每月三萬數千兩皖晉各任其半歸劉錦棠調遣又奏俄事交涉新疆者將軍都統應咨臣定見主辦不必先與商議并從之　九月克瑪納斯南城北路略定獨伊犁尚為俄守英人昵安集延欲保護帕夏踞回部以屏蔽印度數設意阻官軍深入聞公下兵南路英使威妥瑪詣總理衙門代帕夏乞降稱為喀王作屬國免朝貢總署咨以當與前敵主兵者定議遺書告公公不許於是帕夏移達坂城兩山間遣重兵拒守使其子海古拉守托克遜遣白彥虎助馬人得守吐魯番而身居喀喇沙爾築應距託克

遜八百四十里　三年三月劉錦棠率湘軍自烏城踰嶺而南攻達坂城克之進兵吐魯番自率七千人直擣托克遜海古拉弃城遁收托克遜城白彥虎等亦弃吐魯番出竄馬人得出降吐魯番全境悉平　四月帕夏於庫爾勒飲藥自殺海古拉舉軍實人馬悉畀白彥虎使守庫爾勒而畀帕夏尸西竄阿克蘇中道爲其兄伯克胡里所殺伯克胡里走踞喀什噶爾由是各城纏回皆謀反正獨白彥虎阻開都河西岸自固庫倫大臣志某上言宜於天山南北招來農商深根固本然後與英俄議畫疆界庶不至進退維谷廷臣議者皆謂西征耗費至多烏城吐魯番既得當衆建以爲藩籬李雲麟西陲述畧云昔時文文忠告雲麟言他日烏垣既克宜將南八城及北路之地酌量分封衆建而少其力以烏垣爲重鎮等語　於是詔問公進取之畧公上言地不可弃兵不可停局勢所迫未敢玩愒自將至新疆久長之策則設行省改郡縣爲急　是歲山西河南大旱陝甘亦飢公捐養廉銀萬兩分賑陝西慶陽奏緩山西河南協餉遵旨借洋款五百萬　郭公嵩燾使英會安集延遣其黨賽爾德至英爲乞降議繳還毘連北路數城俾其立國郭公以聞事下公議公奏安集延係



我喀什噶爾境外部落英俄均我與國英人護安集延以拒俄我不必預聞安集延非無立足之地即別爲立國或即割印度與之何爲索我腴以市恩此何可許　是時俄攻土耳其紛調邊兵金順上言願乘虛襲取伊犁公謂目前因事就功將來更難了結貽書總署止之　八月劉錦棠別遣軍出庫爾勒之背爲奇兵自率大軍向開都河進剿抵喀喇沙爾回降者言白彥虎已西走庫車軍入庫爾城空無人追賊至布告爾敗之整隊至庫車克之自庫爾勒追寇凡六日行九百里進趣拜城白彥虎殺拜城回目各回嬰城寇攻之不下官軍至開城迎降行敗逃寇追至阿克蘇白彥虎又遁城回降遣軍追躡安夷各酋走葉爾羌白彥虎走烏什追至烏什白彥虎遣其黨齎金幣自結於俄而身遁還喀什噶爾官軍自收庫車始就地采糧至是南路東四城悉平　初官軍南下時和闐伯克尼牙斯圖據葉爾羌以應官軍帕夏長子伯克胡里令阿里達什守喀什噶爾自率五千騎援葉爾羌既行白彥虎自布魯特竄喀什噶爾阿里達什拒不納其黨何步雲等據漢城反正伯克胡里至葉爾羌大敗尼牙斯并攻

克和闐馳書英俄告捷引衆自英吉沙爾還喀城聞庫車已失何步雲等又反正令阿里達什納白彥虎併力攻漢城何步雲請湘軍告急劉錦棠初議先取葉爾羌聞喀城反正廼改議先攻喀什噶爾十一月克喀什噶爾分追白彥虎於西北追伯克胡里於正西劉錦棠率軍自瑪納爾巴什擣葉爾羌城寇先遁會得余虎恩報喀城已克遂分兵定和闐倍道趨英吉沙爾城寇亦先遁留軍撫定回民自赴喀什噶爾軍追伯克胡里者生得余小虎而伯克胡里已竄俄境追白彥虎之軍至恰哈瑪納為俄屬布魯特人所阻遏不能及而還劉錦棠至喀城十二月先後搜得帕夏餘子四人新疆南八城悉定露布聞公由一等伯晉為二等侯公再疏辭不允

四年西報云歐人留意俄土相戰而因東顧亞細亞之事喀什噶爾為中國克復中國於亞洲即為有權前回人踞大理中國克復之今又恢復回疆投東干回人幾盡初陝甘總督左欽帥募兵於關外閒屯外國人方竊笑其迂乃今觀之左帥急先軍食謀定而往真老成持重之署也始兵克烏魯木齊分署諸地部署定後乃整軍進征阿古柏率大隊迎敵



離喀城二千七百里有氣吞天南之概乃中道隕命後人爭位自亂據此則云飲藥自盡者未必實漢兵自吐魯番庫車進阿克蘇勢如破竹其部伍嚴整不苟其兵亦耐勞苦計廿日中經過一千二百里荒野沙漠而得三城一大捷由是葉爾羌和闐各城先後克復回疆一律肅清可謂神矣其克喀喇沙拉也兵以寡勝其克喀什噶爾也兵以合圍勝使歐人當此其軍律亦不過如此歐人向輕中國謂不能用兵今觀中國恢復回部更勝於克復雲南大理矣

先是西四城卡倫外布魯特十九部落錯居其喀城西北五部落先附俄羅斯餘十四部落附安集延至是十四部落頭目爭求內地公許之而以喀城介葱嶺支幹之中為中外天然界畫議南自英吉沙爾北至布魯特界按卡倫故址改築邊牆擇要置碉堡初俄人議交伊犂以邊境商民交涉各案未結為詞公皆平情定讞以報時白彥虎自納林河逃入俄俄處之阿爾瑪圖劉錦棠以書與俄圖爾齊斯坦總督欲提兵入境剿捕公曰俄於歸伊犂從無異辭以兵臨之勢必決裂而白彥虎聞風徙避更在意中乃請敕總理衙門按條約索取復飭金順移書俄邊以

還伊犁交叛并一事併議久之不報已俄人徙白彥虎於托呼瑪克又聲言將過精河安設卡倫前敵諸軍請用兵搜察公以東北西北均與俄接界兵端一起事無了期不許未幾英侯布喝爾部人奪踞俄邊達爾瓦斯哈拉替艮兩城俄調邊兵與戰諸將復欲乘機用兵公曰英俄構隙已久我且綢繆牖戶靜觀其敝 四月劉典以疾乞歸奏起楊昌濬幫辦甘肅新疆善後事宜復請息借商銀三百五十萬兩爲善後經費胡旨嗣後無論何項急需不得動輒息借商款 白彥虎潛遣其黨假貿易內犯劉錦棠遣軍禽捕之又禽斬阿里達什 朝廷遣吏部侍郎崇厚爲全權大臣使俄 公奏請每年協撥五百萬兩以三年爲期三年以後每年撥款以三百數十萬爲度 五年日本佔奪琉球廷議多主用兵總署密以諮公公以琉球蕞爾微區歸附中國與改隸日本似無足重輕可置之不論息事寧人 俄人議還伊犁以通商分界償款三端相持事下公議公奏伊犁塔爾巴哈臺一帶舊界已難復按仍以同治三年所定之界爲定以舊界作爲甌脫禁其日後修造所有哈薩克各部落舊屬中國新附俄人者一併劃明界址其喀什噶爾英吉沙爾一帶舊設卡倫爲并酋阿古柏所毀并於相距一百里內外改設卡倫本安集延故地此次用兵追賊所得因移舊卡於此雖在舊界之外與俄無涉不在議內 八月崇厚與俄定約奏入上怒其輕率朝論大譁爭上書論劾詔公詳議詔云崇厚輕率定議其第七款稱中國接收伊犁後爾果斯河西及伊犁山南之帖克斯河歸俄屬第八款稱塔城界址擬稍改定照同治三年議定之界又於西境南境劃去地段不少從此伊犁勢成孤立控守彌難況山南劃去之地內有通南八城要路兩係關繫回疆全局公亦極言不可許并言先之以議論委婉而用機次決之以戰陣堅忍而求勝臣雖衰庸無似敢不勉旃俟明春解凍親率親軍增調馬步各隊出屯哈密督飭諸軍妥慎辦理 是年於蘭州設織呢局并購開河機器治涇水上源 六年二月奏明調派各軍戰守情形四月啟行出關五月抵哈密飭各軍戒備俄亦增兵伊犁時越境置屯移書俄官詰問俄旋引兵還原屯而揚言將駛兵船來封遼海詔書徵公令舉賢自代公薦劉錦棠督辦新疆軍務張曜幫

辦軍務　十月劉錦棠自喀什噶爾至哈密受代公啟行入關十一月抵蘭州
詔楊昌濬護理陜甘總督　七年正月至都是時中俄和約成議悉定詔公入
值軍機在總理各國事務衙門行走管理兵部事務　二月奏請興修畿輔水
利　疏請加洋藥稅釐每百斤徵銀一百五十兩十一年六月曾紀澤定議於英京徵一百一十兩
五月視河抵天津公與李公議修永定河道王德榜採源而入伐石砌盤磴俾上游渟蓄遞注以殺急湍成石壩五座　七月乞
假閏月請開大學士缺及各差使優旨賞假一月　八月續假賞假兩月　九
月授兩江總督請便道省墓十一月抵長沙　十二月至江甯受印視事　八
年初劉公坤一議濬楊莊以下舊黃河殺水埶公以舊黃河中運河均已高於
洪澤湖程功非歲月可待乃議修運河兩岸隄工公後又請引淮歸雲梯關入海設復淮局於清江分年施
治又以安徽滁州來安全椒山水三面下注兼受定遠合肥之水匯三汊河繞
六合二百餘里入江淫雨水漲則滁州來安全椒江浦六合圩田悉爲巨浸惟
自張家堡天然河開朱家山殺水埶引由浦口宣化橋入江乃無患乾嘉時屢
議興修而未果公集湘淮軍卅營興工於下游別開一河避宣化橋廬墓自馬



家橋歷晒布塲至浦口康家圩以達於江　復調營修句容赤山湖　修通濟
門水門金川門河道建石牐橋壩　立清文局造城北屋廬數百所彭公玉麟
議造小輪船十隻設防海口公復議購製快船五艘　七月是時伊犁新復方
議裁兵節餉公疏言防軍難以遽裁復請建設行省　十月以疾疏請開缺溫
旨慰留予假三月養疾　復修寶應氾水永安高郵甘江五鳳東西隄　九年
是時法攻越南破南定三月公疏籌海防議增製船礮創立漁團操練得數千
人先是李公奉命赴廣東督辦越南軍務詔公調淮楚各軍俾率赴前敵會法
使寶海復申請分界保護李公被命還天津罷各軍不行　六月法攻越南益
急公請身赴滇粵督師不許　十月復自陳衰病請開缺賞假兩月　先是公
遣王德榜募廣勇數千廣籌軍火自永州解濟邊軍至是邊事益棘詔公趣德
榜成軍出關而廣西巡撫倪文蔚復奏取公所儲軍火赴粵於是公益整江南
防務檄王德榜於永州募十營號曰恪靖定邊軍籌軍火餉需資其行　十年
正月復引疾奏裕祿楊昌濬會國荃自代二月賞假四月命曾國荃署兩江總

膂已內閣學士周德潤疏言勛臣不宜引退請旨責以大義令其在任調理優
詔令不必拘定日期卽行銷假是時滇粵邊軍潰退北甯興化相繼失守獨王
德榜軍五千人扼守諒山鎭南關而法兵船分駛福建江浙海口公乃請旨銷
假請遣前浙江提督黃少春於湖南募軍繼進會法使復詣天津請和有詔停
募召公入見五月至京師仍入値軍機并諭無庸常川入直遇有緊要事件豫
備傳問并管神機營事務已而法人復調兵分犯宣光保勝諒江海防戒嚴公
復請飭黃少春募軍赴邊七月法犯閩洋福建海軍潰敗馬江法悉衆轉攻臺
　詔公以欽差大臣督辦福建軍務八月抵江甯調舊部五千人從征詔前陝
甘總督楊岳斌幫辦軍務是月法奪踞基隆分兵攻滬尾爲提督孫開華所敗
公奏請楊岳斌自海道赴援九月自江甯取道江西入閩十月抵福州議調兵
援臺灣分布內地防軍設沿海漁團法益封禁海口出兵船游弋我師不能東
渡公檄南洋兵船放洋遣道員王詩正率恪靖援臺各軍自泉州蚶江冒險潛
渡十二月法船集媽祖澳旋引去　十一年正月疏請增製船礮王詩正軍至



臺南進屯五堵爲法兵所阻不得進是月楊岳斌軍自泉州渡海　二月王德榜
會前廣西提督馮子才破法兵於諒山法人復援前議請和詔各軍停戰公密
陳要盟宜愼防兵難撤五月疾日劇以款議垂成疏請回京復命并懇開缺回
籍治疾詔賞假一月六月請移福建巡撫駐臺灣以資鎭攝　公疾篤復請開
缺准交卸差使七月癸亥薨於福州以明年十一月甲申葬善化八都楊梅河
栢竹塘之陽公去隴時民閒輒立生祠　子四人長孝威同治壬戌舉人正三
品廕生賞主事先公卒旌表孝行孝寬府學附生員外郎銜分部主事賞郎中
孝勛附貢生議敘道銜花翎郎中銜恩賞主事兵部武庫司行走孝同廩貢生
賞舉人花翎候選道孫十人長念謙正一品廕生刑部員外郎襲侯爵以四五
品京堂候補授太常少卿遷通政司副使曾孫五人

胡函　啟湖廣總督程晴峯（矞采）云湘陰孝廉左君宗棠有異才品學爲湘中
士類弟一林翼曾薦於林文忠因文忠引疾故未果行文忠過湖上時招至舟
中談論竟夕稱爲不凡之才老夫子大人愛士如歐陽永叔如使中訪問必能

有神於高深　左孝廉品高學博性至廉潔卽陶少雲之業師又其妻父也在
文毅第中讀本朝憲章最多其識議亦絕異其體察人情通曉治畧當爲近日
楚材弟一惟秉性剛急不願出山實爲可惜　左孝廉才學識力冠絕一時上
年曾密陳夾袋中其餘七人均係有謀畧膽識之才　啟張石卿中丞云左子
季高則深知其才品超冠等倫曾三次薦呈晴峯制軍未嘗招致此人廉介剛
方秉性良實忠肝義膽與時俗迥異其胷羅古今地圖兵法本朝國章切實講
求精通時務訪問之餘定蒙賞鑑卽使所謀有成必不受賞更無論世俗之利
欲矣時事孔棘得人爲先林翼身受恩遇拔識於儔伍之中如前賢韓魏公歐
陽公薦士不必識面以此感激日夜思竭其愚忱以報所知計唯有舉賢才以
贊幕府方爲忠愛之至計野人葵藿之誠蓋爲此也季高處至今不能預告恐
其嗔林翼之多事而違其隱處之初心也　左公高隱尙不知雅才大畧是文
忠公一流人物設其眞知必翻然應命今已函致矣　致左公云張中丞思君
如飢渴中丞才智英武林文忠薦於宣宗以是大用先生最敬服林文忠張中

丞固文忠一流人物也軍中尙有一奇人江岷樵者中丞已招而致之必與先
生志同道合林翼之先人與先生之先賢交最厚林翼與先生風雨聯牀徹夜
談古今大政前後十餘年先生究心地輿兵法林翼曾薦於林文忠文忠一見
傾倒詫爲絕世奇才去年冬以大名呈薦於程制軍而不能告之先生固知志
有不屑也林翼之意非欲溷公於非地惟桑梓之禍見之甚明設先生屈已以
救楚人較唐荊川之出山所補尤大區區愚誠未嘗深察且加誚讓云入山從
此日深異哉先生自爲計則得矣先代積累二百年虛生此獨善之身諒亦必
所不忍出也如以急功近名爲不屑則功成不受賞長揖歸田盧仲連遺法尙
可遵守設楚地淪陷柳家莊梓木洞其獨免乎　聞先生終日勞神案牘竟無
片刻之暇竊謂宜再延一精曉例案之刑名幕友專管咨題文案而先生專管
例外之奏摺爲例案外之文批則精力有餘智慧更大謀畫更鎮定而有餘目
今辦事必須知古知今知今者可與言蕭曹之規隨知古者可與言房杜之謀
斷先生可謀可斷而法律太繁則恐精力或有不及一人之精力幾何若於文

牘過勞則精神已疲於小事瑣事轉不能辦其遠者大者矣　戊午致鄂中僚友云湖南之勇已由左公代募闘已起解經費應聽左公酌奪　致曾滌帥云謀士欲林翼刦季公來鄂大約季公必難搖動　致左正郎云廸公之卹極優璞山無此殊恩此豈文字之不如我耶總之天下奏牘僅三把手而均在洞庭之南此三子者名次高下尚待千秋自問總不出三名之下倘其抑志捬心儲精厲學則不肖尚未可量也鄂之謀臣則曰丈之聲名已篆天心凡官凡紳之入見者均蒙垂詢想像之神與商室傳巖維肖等矣丈在小淹自嗟遲莫世無知者則曰除非帝賚良弼乃可耳今已名在九重轉有憂色能憂是吾丈見道處鄂人言不必急求子春亦不必急求印渠部下之三將惟有刦丈來鄂位以薇柏則子春諸公不期而會此計為鄂謀則忠且異日不肖他徒鄂尚可保其用意亦頗深遠特不肖亦湘人耳疑不能決然則為鄂謀者其刦丈耶其僅刦子春與印渠三將耶丈其示我　致雲貴總督張石卿云季高先生天眷至篤倚注獨深季公在小淹時每與林翼縱談自嗟遲暮以為非夢賚良弼不可有



為今則大類傳巖之象形惟肖而轉覺愀然不樂蓋湖南必不可無此公而籲門中丞尤不能一日離也屢屢刦之竟不可得奈何奈何　致錢萍矼寶青樞密云駱之辦事全在左卿然公忠之志亦近年所獨也滌若任事則才力更大惟與俗不諧耳　致左季丈云公謂帶兵非長固然然萬事可謙兵事不可謙太謙則怯太謙亦近偽況目今十八省之上座尚以不肖為最能兵耶默計欲丈莫出山而恐不能更恐遲而後更出山又難措手又恐所託非其地終必受困丈肎謀湘以保湘丈去湘湘豈憶及前事遵守前法以益丈耶為丈深思固有良策惟滌公則謂湘中不可無公屬不可搖動當以湘鄂為天下之根本其說然與　手書甚詳以黎順傳述聞言致稍憤鬱實則曉事人必不議公也議公者湖南之官也如醉如夢忽歌忽泣此等俗雜畀以道府未信其可也　公之於時事蓋可謂才然林翼視之尚未盡其用有德有寵無位無民其何以濟聞公者湘人非鄂人也此沛公左司馬之類也何足介意此等事何值一嗤一哂哉惟是籌筆勤苦中懷拂亦恐身其瘠矣　十一日疏稿讓美揚善學進而識量益宏此時此世惟讓美可以免禍不僅道理應

如是分量應如是也　奉書皆憤懣之詞不能以口舌與公爭論惟覺因此等
人事而自損太過則何非愛身之道惟有忍乃能有濟公其念之哉　補復李
否雪云承詢湘中人來頗怨左公此天下古今之通病昔年滌帥倡義舉國非
之兩司再上詳請參其時徐與陶爲藩臬也四年後湖南無粵寇惟廣東竄入
三股一股從茶陵竄江西其時賴有王璞山力與之抗一抗再抗仍不免竄往
江西吾湘官民之嘖嘖致怨者尙有憾於王與左也逮五年以後全境無事庸
劣之官得以安富尊榮浮華之士亦得以般樂怠傲於是頌左者有人頌滌帥
者亦有人怨詈者固無識頌美者亦非情也弟於二月寄左公書切屬其專意
集兵愼勿分防言軍事之要必有所忍乃能有濟必有所舍乃能有所全若處
處設備卽十萬兵無尺寸之效此議至精至切左公手無斧柯不過睨而視之
耳官與士安得不怨　致莊蕙生方伯云獎案易了甚慰當以顧大局扶善人
申正氣爲主公曾受滌帥之知愛人以德毋使楚南士民以此致怨於滌帥卽
是愛敬之至理　致羅澹村云左公已定正月初十日挈將少雲入都駱公强



留十餘日以了南岸之事　致羅少村云左丈爲天下才是以浩氣舉事者時
賢中不數覯現以憂譏引退正月初閒卽擬挈陶少雲入都籲門挽留十日近
不知作何行止然斷不能再安其位恐亦未易羅致　致李季庵方伯云公欲
以書法壓倒諸葛諸葛仍說公膽甚大近日請鄧守之先生寫先君箴言書院
各種箴銘規又乞諸葛作碑銘均一時之盛也　致嚴閤云左公將隱云先到
宿松代滌公致謀卽歸去也　庚申致滌帥云左公應可爲皖南替人其餘應
調之將應函商左公　霞仙季高均應各募六千人以爲皖南揚州之用或爲
江西之用或爲隨征之用此必不可少之議　致駱中丞云季丈以幕府而見
疑則義當隱居彼之所處友道也非臣道也林翼不能强留季丈於皖而實願
其暫隱以待明詔之復起倘事執果平靖終身隱居豈非大願　復吳桐雲內
翰云太冲高蹈行至襄陽而歸現到宿松桐城并歷廬阜卽當歸隱一二年之
閒湘中可以苟安屬其以道自尊不必出山如異日湘禍果亟非奉明詔督辦
團防亦可不必輕試也　致嚴渭春云廷旨寄滌帥詢左季高應否仍辦湖南

團練等事抑或交滌帥差委滌帥已復奏而左公已入湘中矣　復滌帥云左公必可由林翼再四邀來此處惟求丈時時致函促之卽其子病重而任事之心百折不回斷不致久處鄉閭　左季公劉霞仙可擇一人　致李希庵云季高先生於林翼之言尚有信從之日惟其長子病重飯牛之奇才有舐犢之私愛恐不免稍誤時刻　致郭意城云凱章速來滌軍乃盛季丈卽可率部并帶凱章之勇資以季丈之謀亦必有濟季丈自募五六千人自不可少然事頗不易辦人實不易知也來示言季丈用人不疑有誤用之人不肎自承爲誤旨深哉鄙人今春不欲與季丈抬槓恐傷其氣實則應諫之事應抬之槓均侯之異日也然橫覽七十二州更無才出其右者倘事經閱厤必能日進無疆　廷旨欲以督辦四川軍務寄之季公督辦四川鄂湘受福潤可千里襄辦兩江善良保全氣類感通蜀亂始生吳亂已極功效又大不同林翼有私愛於季公此事竟不能爲房杜矣請質之高明迅速函復爲要　復左公云得書稍慰盼念霖哥痊瘉庶卧龍不復舐犢得以掀拏風雲慰江東士大夫之望耳來書布置思



議有攬轡安閒之致公自募三四千人必不可少林翼精力日積然猶可支撐以待公與滌帥之成功必無推諉之念十六人奏中有奇士惜未簡用丈處表揚卻不過百萬之一且有媿詞於丈以姻親故也　復郭意城云統將公費月七百金長夫三百名尚不能稍餘一錢然必須有此乃不窘手又季公不顧其家應請籲門前輩札飭鹽茶局司道每年籌三百六十金以贍其私此亦菲薄之至鄂中營官之有家在鄂省者均不止此若季公非有廉可領者也能卹其私乃能專精於公公意云何　復嚴方伯云左之威望萬難保蜀蜀賊亦決非四千人所能抵禦復奏請揆帥酌定決行　復官揆帥云李次青劉霞仙左季高均應爲滌帥之助乃能分布施展兵餉兼籌若僅一二路進兵必無濟也故愚見仍以留左爲是　復嚴方伯云滌帥德高而謹慎之過季高才高而偏執激切之過均性情獨往不能易也滌帥季公兵事近年乃日進可見人貴專一精神所致金石爲開　致滌帥云左季高不願入蜀以素與蕭軍不和願依丈而行季高謀人忠用情摯而專一其性情偏激處如朝有爭臣室有烈婦平時

常小挪意臨危難乃知其可靠且依丈則季公之功可成分任皖南分謀淮
不出仁人之疆域臨事決疑定策必大忠於主人吳禍大於蜀請丈專稿挈銜
拜發　季公隨征之奏到祁門即可拜發　致左公云六千君子可以獨往獨
來但願餉事不虧不掣公肘不攻堅壘大功必成滌帥實授兼兵符殆如中國
相司馬之氣象誠明之至上感九閽軍氣孔揚即公與霍老精神亦旺凡事以
謙爲美德惟兵事不可謙謙則爲敗德且手中腹中無兵無將即一步不行
謂張公氣魄資望大勝於劉不知身在干戈之際氣魄資望一錢不值也營中
公費須多定數目丈到皖南須添招本地正士聚人曰財毋學鄉里老儒得一
修金便覺一生喫不盡也軍事以用財養賢爲正藏法眼嘗笑世無不用錢之
豪傑亦決無自貪自汙自私自肥之豪傑公之小廉曲謹婦孺知名矣不私一
錢不以一錢自奉又何疑而不以天下之財辦天下之事乎　公入蜀則恐氣
類孤而功不成此愚人之私意即畀以蜀督而自薇柏以至州縣多爲小人吾
恐丈之必不能堪也舉劉入蜀是不得已之計近年天下督撫半不能兵亦且



無處募勇方今天眷西顧宜如何籌謀盡善以答君父之憂哉　致韓南溪云
左公入蜀蜀重入吳吳重然合則兩美分恐兩傷惜不能合也弟之舉劉入蜀
爲蜀謀應如此　復李少荃云今春論和春秦定三向滎均是用違其才又
論田興恕之不可大用劉富成一夫之勇不可爲大將左公謂我刻殆因此也
復郭筠仙云滌公季公均憂危疑畏林翼近年病久滌公季公均爲憂之季
公得林翼與滌丈左右輔翼必成大功獨入蜀中非所宜也　復李少荃云
書言高叟思親自督隊未必能止不使行林翼會力阻滌帥以滌帥不善騎
其平時節概必不肯爲滎陽成皋之獨騎跳去故願以奉戒至左軍師羽扇
巾自有道法戰事應從其志試屏三四次本領更強也　致左公云滌帥奉
已久吳人喜極生怨六月於茲矣滌公之德吾楚一人名太高望太切則異日
之怨謗亦且不測公其善爲保全毋使蒙千秋之誣也大約并力以萬五千人
深入徽州以求與賊交戰又速分水師陸師入揚州是即保全大名之道愛人
以德之大法丈其沈思之　皖南情埶不熟不能遥肊惟丈與滌丈謀之斷之

卽可聯轡以行　致駱中丞云左季翁自領一隊之說待勸其不必添此蛇足
今已作罷論矣渠欲親臨行陣一試膽氣將來或在希庵營中句留略久亦未
可知　覆胡宮保云昨夕得書及季公所爲碑銘頌又得校定稿本季公文筆
重渾括鄙人豈能更有所贊助於其閒中有一二字未愜者謹已注出未審有
當否　待記文改定後擬請季公書之或隸或楷皆可但嫌文陋且冗長耳　又
云季公聞其大世兄有病頓動歸思公旣有來宿之約必堅留季老在此奉侍
也　覆李希庵云潤帥擬以初五六來宿松會往羅宅弔奠季公及舍九弟拾
俟潤帥來會後分別赴靑草塥等處也　覆胡宮保云閣下之意擬圍一城而
此外皆作活兵不作呆兵季公之意則并不圍一城槪擇便地以紮老營而伺
隙抽兵出而鵰勦鄙意謂兩說皆是也特鵰勦須得好將庶遲速遠近悉合機
宜耳　又云季翁之事天心大轉以後或出任艱鉅或時顧桑梓進退綽然亦
足喜也　致李希庵云左季公奉旨以四品京堂候補襄辦敝處軍務夏末當
可來皖毖敘也　覆彭雪琴云左季高奉旨以四品京堂候補襄辦敝處軍務



現在湖南招勇事件均請渠在湘經理恐亦能得好勇而不能得將能得好營
官而不能得好統領也閣下意中倘有能勝統將之任者否　覆駱中丞云季
公如不能久留敝處亦求來敝營一行規模稍定仍可去任自如斷不敢强羈
公與季公斷金合契保全桑梓亦託庇仁宇者所寤寐求之者也季公之遲出
速出久任暫任聽二公卓裁但求一出耳　覆胡公云新添之勇會咨商左公
惟人數已逾三萬若再添募餉項實無所出無好統將好營官雖百鍊精勇無
益也且待左公咨復到日再行商酌　又云左季公事若待渠信來再定則復
奏太遲若徑行先奏則當請其入蜀蓋以事埶言之則入蜀大有益於鄂鄂好
卽可波及於吳吳好不能分潤於蜀季公之才必須獨步一方始展垂天之翼
以奏對言之諭旨所詢獨當一面者斷無對曰否之理旣對曰可矣則當令其
速了蜀之小事而後再謀吳之長局是忠於爲國謀忠於爲鄂謀忠於爲季謀
三者皆宜入蜀但不忠於謀鄂人耳敬求閣下主稿送敝處拜發仍列揆帥首
銜來吳則自謀私忠入蜀則三謀公忠二者俱可待無意必也　又云季公若

任先生自聾焉吾不得而治之也先生欲盲兩目任先生自盲焉吾不得而鑿之也所懷萬端紙不能盡冀或者枉駕痛切面陳乃能傾寫耳　覆江岷樵云季高筠仙僕寄書山中屬其來衡練兵遣付皖中以助閣下一臂之力現皆未來　與胡詠芝云季公堅卧不起　與胡宮保云賜祭迪菴中丞文字挾飛鳴之埶而筆含哀憤之聲讀之令人增友朋重迪公眞不死矣季公似不宜赴鄂目下湘中亦多事東防安南之賊南防廣西之賊西防黔中之賊必家鄉平安無事而後湘勇之在江在鄂者無內顧之憂　致左公云筠仙召對聖意殷勤垂詢閣下將來自不免一出特世變相尋而日多人材分布而日絀終恐趨於不支粤捻內擾英俄外伺非得忍辱負重之器數十人恐難挽回時局也　覆左公云永州大捷衡寶可保吾鄉應無大礙所論賊埶兵謀亦如讀陸敬輿杜牧之論事之文使人豁然開朗東方先生可以起而自贊矣　覆左公云樊案本出意外潤帥焦灼極切然竊聞外議實無鋤蘭焚芝之意似可夷然處之以爲何如　又云在雪堂時得聞樊案又生波折深恐台端憤悒自傷適丁果臣一信道所以處之之法甚精當想潤帥已抄送左右矣　覆胡宮保云得左公二書乃大平適賢者良不可測吾固不如矣　又云左公自襄迴車似不如速行速歸爲妥　又云季公來營可以罄敘一切希厚雪等處計皆有扳留之意　致左公云聞辟地東來想已安抵英山此間進兵究應如何分支望鴻裁與潤帥酌定台旆在英山約住幾時此間即派夫役奉迓敝處與希庵處均可小住楊彭處尤可句留江湖空濶足遣壯懷耳　覆胡宮保云季公已到英山侍今早已專丁持緘奉迓矣募六七百人之說季公何必爲此蛇足即以敝部萬人全請季公統之尙是蛇足況六百七百人乎水師中別有一種風味季公若買一舟載妻孥其中師范少伯而不學其居積可以教子可以避湘亦一說也姚惜抱詩云孤艇著書江水上百年閱世酒尊閒季公有意乎　覆郭意城云季公被潤帥句留酣嬉淋漓至今未來敝處前此自領一隊之說余復信勸其不必添此蛇足今亦作罷論矣渠若能流連皖楚之交或在敝處或在潤希厚雪諸處均有大益特恐歸思易萌耳　覆方子白云左季高先生亦來敝處

賊本至弱并力圖之必可破也　致曾公云靈活之說機埶之論左公意在雕
勦也事理固有可憑責之皖北軍情亦頗未中丈榮左公速進屯溪是也見及
於此卽求決行　復曾沅圃云公言高叟數月之後亦知行之維艱此為至言
我輩走錯路耳若昔年閉戶著書使天下後世想像其人必曰惜其時不之用
耳今竟何如丈閱此當為一噴飯　復左公云以二千餘人擊敗二萬餘賊可
謂健者太常正卿之命下此後畀任當益重矣　克復德興婺源摺云左宗棠
一軍十日之內轉戰三百餘里連克二城使狼奔豕突之衆喘息不得少定實
屬調度神速將士用命左宗棠初立新軍驟當大敵晝而躍馬入陣暮而治事
達旦實屬勤勞異常　破賊樂平肅清鄱景浮梁摺云偽侍王李世賢自上年
攻陷金陵營壘繼陷徽州嚴州此次左宗棠一軍前後轉戰卅餘日六獲大捷
斬馘殆近二萬　片奏左宗棠往年在湖南撫臣幕中佐辦軍務肅清本省援
剿鄰省如江西湖北貴州兩廣常由湖南重兵往援屢奏大功久在聖明洞鑒
上年奉旨襄辦臣軍募勇五千馳赴江皖之交方慮其新軍難收速效乃去冬

堵剿黃文金大股今春擊退李世賢大股以數千新集之衆破十倍凶悍之賊
因地利以審敵情蓄機埶以作士氣實屬深明將略度越時賢可否將左宗棠
改為帮辦軍務俾事權漸屬儲為大用　左宗棠定議援浙奏云左宗棠平日
用兵取埶甚遠審機甚微近日屢與臣等書函毅然以援浙為己任　辭節制
浙省云左宗棠贊畫軍謀兼顧數省其才實可獨當一面應請明降諭旨令左
宗棠督辦浙江全省軍務
曾函　復胡潤之云臘月十三日忽奉幫辦團練之命又聞武昌淪陷之信義
不敢潛身顧私以自鄰於退縮畏死者之所為遂於廿一日馳赴省垣日與張
石卿中丞江岷樵左季高三君子感慨深談思欲負山馳河拯吾鄉枯瘠於萬
一蓋無日不共以振刷相厲亦無日不屢稱台端鴻才偉抱足以救今世之滔
滔而恨不得會合　與左公書云岷樵超擢皖撫是近日耳中一大快事弟欲
練二三千人遠致皖中為岷老一臂之助惟智慮短淺獨力難措欲乞左右野
服黃冠翩然過我專講練勇一事此外概不關白於先生之前先生欲聾兩耳

來徹處留駐皖南而以少荃駐淮南則侍仍可以水師爲老營而以徽淮爲前
飄北泊之所於私計誠便季不入蜀或於兩楚均不便故仍請季公自謀自斷
而公爲草奏侍繕上之望公無過讓也　覆左公云諭旨有飭閣下督辦四川
軍務之意恐須旌從一行或吳或蜀敬請閣下自定至計　覆胡公云得手教
知季公願共事皖南不願獨入蜀中至慰至幸季公在皖各軍皆精神百倍繼
可與公之皖北比盛侍在皖南則高臥離皖南則放心何幸如之　覆左公云
潤帥寄示大緘敬悉台從願共事於皖南不欲獨入蜀中至慰至幸即求募足
五千人成一大柱斷不可少以是爲皖南征兵即以是爲江西防兵　致駱公
書云皖南吏事軍事得左季翁悉心經理必可日臻富強爲恢復金陵之本
致左公云皖南四府一州實大有爲之地止要軍事吏事兩者切實講求每年
可得百卅四萬若東壩克復則何不止於此惟須得極廉極勤之州縣一二人
樹之風聲與民更始庶冀漸有轉機閣下能物色循良攜以俱來否徽處並無
才辨之士專望台端早至安危得失之局均係乎此　覆胡公云左公書來甚



氣方新當爲國家撐柱一方　覆胡公云季公新軍必不令其飢餓蓋渠與凱
章皆極力訓練全恃二人以吞吳耳　又云左帥來祁已兩日精悍之色更露
議論更平實腦皮亦更黑侍於皖南業已辦理不善然退張而進左差足下對
皖人上對聖主即或難期速效鄙心亦自無憾　又覆云承奬贊借夷助剿一
疏係左季翁捉刀爲之鄙人不辦此也至於大敗之後力不能拒和好之初情
不宜拒此則鄙見與季公相同此時以甘言德我我乃峻辭拒之異時以惡言
加我反哀辭求之不亦晚乎似宜虛與委蛇猶爲少足自立之道　覆左公云
閣下帳棚太小亦必思所以變計耐勞固爲吾輩行身第一義然必稍稍完具
足以禦寒足以安寢庶幾可繼之道擬仿照弟帳棚之式爲閣下製二架弟帳
即迪希兄弟之式亦尋常人字帳特稍大耳　致鮑春霆云左公謀畫精密遠
出國藩與胡宮保之上閣下事事與左公熟商請教左公之謀閣下之勇可合
成兩美也　覆左公云來書諭弟自定大計江南與皖南弟之汛地也除堅守
祁休黟三縣力攻徽州外惟東建尚可移駐閣下欲弟赴潯少荃欲弟赴省似

俱不可至貴軍不可舍我而去公義私情尤其次也惟弟與兄二人愈合愈近或可兩全愈離愈遠則必兩傷　覆胡公云目下侍與左公皆圍困之中不得不請鮑公先由鄱陽以剿景鎮左公獲大勝仗乃至樂平　覆左公云惠書鄱景浮樂一律肅清公此次破賊解休祁之圍困振江皖之軍威有功大局甚偉不獨弟之私感也惟新軍初立頻奏奇捷仍望慎之又慎終始以分兵爲戒以持盈爲懷是所至懇　又云閣下用兵外間同聲欽服惟議其牆不高濠不深亦衆口所不滿以後請更於濠牆加意　又云慶制軍奏請麾下入浙會剿俟奉寄諭時弟當代奏兵單餉絀能往而不能速之故閣下亦宜將入浙固江規吳之本計自行奏明進退遲速皆須閣下自作主張不可因人牽率致撓大計朝廷亦決不以進兵稍遲而撓公以從閻也祭潤帥文愈讀愈妙哀婉之情雄深之氣而達之以恢詭之趣　又云諭旨諄以鄙人兼辦浙江軍務位太高權太重虛望太隆才智太短殆無不顛蹶之理即日當具摺懇辭而推閣下督辦浙江軍務朝廷恐國藩不兼轄浙之名則必留貴部雄師以自固而不復謀及



浙事其用心亦良苦實則閣下久以援浙爲己任即鄙人稍具天良亦豈敢置浙事於度外所最苦者貴部救援浙江仍不能不兼顧江西此時閣下雖實授浙撫猶不能不保江西亦若希庵授皖撫不能不保湖北也　又云昨已咨請閣下即日自行具奏朝廷命公節制浙江提鎮豈有管提鎮而不專奏之理　又云浙江竟於十一月廿八日失守六十萬生靈同罹浩劫天乎酷哉弟於廿五日覆奏統轄浙江軍務已附片密請簡閣下爲浙撫　又云守衢攻嚴謀浙不外此二著弟與公意見相同慶制軍雖欲以不赴衢州鐫公止可付之不理

避長圍防後路是近日辦賊最要之語若不能由徽州攻嚴則衢州終有長圍之患來示尊處不攻嚴州當積粟撥兵固守城垣躬率八千人往來壽昌龍游湻安一帶誘賊野戰此則鄙見深以爲然若攻嚴兩月不下銳氣頓減形見埶絀則索然矣貴軍一意游擊不主故常朝廷簡公爲疆吏而不以尋常守土之律責公此意最可深感而亦可恪遵也　衢州江山事埶稍鬆貴軍得一意尊謀遂安其埶較順　馬金楊村兩捷殺賊極多而傷亡極少實愜人意乃知

戰事以審機爲弟一義也　侍屰兩年之內兩爲雄軍所據皆在二三月間
賊雖多要以侍屰爲劇寇從此當不敢再犯顏行浙事必漸次旋轉沿江兩岸
連克九城五隘弟不敢引以爲喜獨閣下捍禦强寇不令江西東北再遭蹂躪
卻非常之喜不獨吾輩餉源所在民間亦不能復堪矣　風眩搐掣貴恙當已
全愈尊體在輩流中最爲强實此當爲有餘之症鄙人日形衰疲希庵亦恒發
吐血之病均莫閣下鐵石人也　尊論人才惟好利沒幹兩種不可用鄙意好
利中尚有偏裨之才惟沒幹者決當屏斥　多將軍赴秦朝廷之意已決實則
粵匪馬融和一股與捻匪入關者皆已先後竄回現在陝亂惟同州之叛回與
漢中之蜀匪回漢仇殺宜以良有司治之不宜臨以重兵且陝回聯絡甘肅以
達哈密及南八城呼吸相通黨與甚固但宜設法撫綏不宜更興大難浙事甚
大蔣劉二人不甚能爲左右分憂到衢後似須令薌泉共紮一處以閣下之身
教苦口諄戒或當少變故態否則彼方矜功負能專己自足不復虛心以求所
未逮恐未足以當侍屰也　薌泉既克壽昌聲威頗壯賊急欲自固嚴州門戶



或者不暇竄吳亦未可知果爾則閣下派薌軍規復北路嚴壽一帶正所以伐
賊之謀乃大有造於皖吳也　文忠死希庵歸此間竟罕共謀大局之人每有
大調度常以緘咨敬商尊處公每置之不論豈其未足與語邪蓋亦箴砭而推
挽之　惠緘所論避賊大圍包抄之法厤厤堪記舍弟不明此義以二萬紮雨
花台爲僞忠王大圍所困弟亦自媿見之不確不於六七月間飭令早退以避
長圍而取活埶　貴軍正竭力圍攻龍游湯溪兩城薌泉軍不能拔動敬聆一
切官軍與賊相持之際惟守兵或可偶一抽動若圍師與攻戰之師則止可日
增不可抽減也苦攻城壘易損精銳胡文忠屢以誡春霆公亦嘗以攻堅爲下
策如城賊之氣尚固似宜斟酌不必以血肉與子彈賭勝　薌泉軍不能援弟
亦深知之前接重九日惠緘即不復思薌泉來皖及至鮑張糧路梗絕之時又
不克自持而書緘奉商不僅此次然也弟當軍事危迫之際明知事不能行每
每不自持而陳說及之胡潤帥昔年亦多不自持之時獨閣下向無此失從未
出決辦不到之主意未發强人以難之公牘故知賢於弟等遠矣　來示謂鄙

人喜綜覈而倘庸材蓋不盡然喜雄駿而惡闒茸重千莫而薄鉛刀乃人情之
常今之碌碌隸徹部者庸則有之倘則未也　來示度賊所必至甫到急擊不
宜過於遲回正中此間諸軍之弊　少荃與尊處意見不合此間竟無所聞
金陵復後弟以六月廿五日至江甯男闓生謹案以上皆與文襄神道碑時所輯
李文忠公遺事　泗涇　虹橋　親督戰五月　浦東　攻破漕涇　圍金山衛
五月　克復金山衛　浦東肅清　親巡泖殿各湖六月　克復青浦七月　北新涇
解圍　親督戰八月　克復嘉定洋將　四江口大捷親督戰八月　克復上虞外兵十月
收復常熟昭文攻克福山許浦十一月　克復紹興諸暨蕭山等城西兵二年正月
收復福山常昭解圍二月　克復太倉州城三月　崑山獲勝　親巡視軍四月　太
倉獲勝　蹋平崑山城外各壘四月　克復崑山新陽縣城四月　克復楊舍汛城
江陰縣屬五月　攻克花涇港同里收復吳江震澤六月　吳江獲勝　親巡蘇崑七月
攻毀太湖賊營　蹋平江陰附城賊壘七月　克復江陰并楓涇石壘　攻克
西塘鎮嘉善屬七月　收復蕩口鎮無錫屬　親督戰七月　攻克寶帶橋并蹋平無



錫城外賊壘八月　無錫獲勝八月　攻克五龍橋寶帶橋西五里　擊退嘉湖援賊九月
無錫擊敗援賊九月　蘇州無錫迭獲大勝九月十月　攻克滸關虎邱賊壘　親自
上海來督攻婁門十月　無錫獲勝十月　蹋平蘇州城外賊壘廿餘座　親督攻
十月　克復蘇州省城　移駐蘇城十月　克復無錫金匱十一月　攻克張涇匯賊
壘嘉善城東六里十一月　蹋毀常州城外賊壘廿餘座十一月　克復平湖乍浦海鹽各
城十一月　攻克平望江浙要口東連嘉興西達湖州十一月　常州軍攻克孟河　海鹽軍攻克
埧城距海鹽十三里十一月　收復嘉善十二月　克復宜荆三年二月　克復溧陽二月　克復
嘉興二月　兜剿楊庫　親督戰三月　親攻常州三月　克復常州三月　克復丹陽
四月　克復長興五月　克復湖州七月　同治四年僧格林沁敗歿曾國藩未行李
鴻章署理兩江總督派常鎮道潘鼎新率所部營勇航海赴天津南趨山東藉
固畿疆門戶京師賴以鎮定鼎軍航海至津　天津機器局製造火藥創自崇厚同治六年
九年奉諭旨飭李鴻章斟酌開拓因奏派湖北補用道沈保靖總理局務保靖
前督辦上海機器局已著成效者也籌議天津機器局　裁撤通商大臣歸併總督經

營李鴻章請添設海關道一員由總督揀員請補籌議應辦事宜九年十月 大沽礮台
會格林沁所築崇厚安設粤東土礮李鴻章飭大沽協副將羅榮光督兵擇要
添築加挑堅厚作裏外夾牆又於礮台前面仿照洋式加築護台高出平地數
丈牆外添築攔潮土壩沿海斥鹵取土於四五十里外飭調蘇局舊存大小炸
礮及江甯局製成洋礮并請購西洋新式巨礮數事然亦聊壯聲威未敢云禦
大敵至北塘礮台現調通永鎮總兵周得勝駐兵一千名遵化練軍大沽礮台十年四月
與曾文正公會奏幼童出洋肄業遴委刑部主事陳蘭彬江蘇同知容閎攜帶 以廿年為期籌款一
百廿萬金循年推算確數寄洋應用委分發知府劉翰清在滬挑選幼童分年
考送十一年正月 請開採煤鐵十一年五月覆奏裁撤船廠 派隊航海防臺十三年六月 十二
年九月上諭總理各國事務王大臣所陳練兵簡器造船籌餉用人持久各條
著李鴻章等籌議切實辦法覆奏舍變法與用人別無下手之方目前固須力
保和局卽將來器精防固亦不宜自我開釁其籌餉條內請罷西征專力海防
左宗棠執簡力爭當時未行其議然固國家大計所在又請開煤鐵各礦兼及



鐵路轉運之利又論鴉片宜弛禁以奪洋商利權并重洋藥稅釐其用人條內
謂章句弓馬施於洋務隔閡太甚考試功令宜稍變通另開洋務進取一格凡
有海防省分均宜設立洋學擇通曉時務大員主持其事分格致測算輿圖機
器兵法礮法化學電氣學數門延西人之精博者為之師友 議購鐵甲兼請
遣使 德國克鹿卜砲廠代僱德都司李勱協來津教習後膛鋼礮三年期滿
回國商令帶同花翎游擊卞長勝等七人赴該國武學院講習水陸軍械技藝
卞長勝等赴德學習光緒二年三月 會奏閩廠船政生徒卅名出洋肄業前堂學生本習法
文卽令赴法官廠學習後堂學生本習英文卽令赴英水師學堂及鐵甲兵船
學習派李鳳苞為監督閩廠生徒出洋肄業二年十一月 烟台之役日意格同往 仿照德
國礮隊配馬演習三年二月 海防經費始議每歲四百萬其後每年僅解到數十
萬穆宗有亟應實力講求堅苦貞定歷久不懈之諭今上又有若僅空言了事
何時見諸施行之諭 各海關四成洋稅撥去半分歸還西征軍餉借款各省
入不敷出原議先就北洋創設水師購買鐵甲每隻需價百萬現在積存經費

僅止百數十萬部議分半解固洗馬溫忠翰請撥海防經費一二十萬以辦
賑夏同善請撥海防經費卅萬分賑晉豫因飭照撥廿萬兩請嗣後仍遵原奏
專爲海防要用免再他撥旋因幼童出洋經費應添廿九萬兩議由海防經費
按年勻撥未幾庶子黃體芳請將海防經費暫停一年以充京餉編修吳觀禮
請將海防經費移作賑需給事中李宏謨請各省協解機器局提十分之五分
賑晉豫覆奏原議四百萬兩今三年所收不及一年額撥之數支放海防八十
萬撥給賑款七十餘萬現存一百四十萬不能再撥機器局惟東海津海四成
稅爲專款歲不過十五六萬無可提取　光緒四年五月部議各省防勇統裁
十成之一留防淮軍水陸馬步實存七十八營十二哨分紮直隸山東江蘇等
省專恃蘇滬釐金淮南鹽釐及江海江漢兩關洋稅爲月餉大宗川鄂浙江等
省協餉次之未准部文之先已兩次抽裁正勇二成共裁五千二百餘名已不
止如部議十成裁一本年額撥月餉尤爲短絀刻已八月中旬蘇滬釐金四月
分額餉尚未解清各局鹽釐分解無幾各關六成洋稅又懸而無著實不能支



今擬盛軍裁五營銘軍裁四營武毅軍裁三營慶軍裁二營共裁十四營合先
裁之二成正勇共減去一萬一千八百餘人約每年省餉六十餘萬兩現留淮
勇二萬八千九百餘名兼顧南北數省防務每月仍需餉廿餘萬兩（裁勇就餉）　密
勸朝鮮通商西國（光緒五年七月）　光緒元年總理衙門遣總稅務司赫德來議訂購
英國阿摩士莊廠廿六噸砲之船卅八噸砲之船各二隻先後來華名曰飛霆
掣電龍驤虎威遂選福建船政學生管帶旋飭津關稅務司德璀琳電致駐英
稅務司金登幹再行添購據金登幹電信稱已照原購卅八噸砲之船每隻價
銀三萬二千五百磅四隻共需十三萬英磅合關平銀四十五萬又途費及藥
彈十六萬兩委派福建船政由英學成回華之都司劉步蟾等四員管駕劉步
蟾等未到飭令飛霆等四船管帶官鄧世昌等兼管并留洋弁三人照管操練
照沈葆楨所擬船名曰鎮北鎮東鎮南鎮西（購置砲船　五年）　自光緒元年奉旨籌
辦海防議之五六年而迄無成者一由經費太絀一由議論不齊一由將才太
少先欲購一鐵甲總署以專顧一口爲疑而李鳳苞亦勸緩辦因與赫德密商

先購快船二隻需銀六十五萬俟經費畧有積存必再添購鋏甲現購到蚊船八隻擬調龍驤虎威飛霆掣電四船赴南洋歸沈葆楨調遣留鎮北鎮南鎮東鎮西四船在津沽由臣督飭操練現管帶鎮北之都司劉步蟾在英國學堂兵船肄習五年頗知機要若再得精嫻理法之西人與爲切磋可備統帶快船鐵甲之選明年臣擬另設練船一隻選募丁壯上船練習蚊船防守海岸旣最得力廣東台灣至少須各有二隻甯波烟台至少須各有一隻每隻需銀十五萬兩各該省力所能辦擬請敕下各該督撫照議籌辦庶衆擎易舉於海防全局有裨（籌議購船選將）

原議海防經費四百萬江蘇廣東福建三省釐金每年合一百萬絲毫未解浙江江西湖北三省釐金每年亦合一百萬三年以後報解甚稀約欠解五六十萬不等朝廷屢飭籌辦海防臣等何敢玩視而餉不應手難爲無米之炊各海關撥定四成洋稅歷經抵撥西征軍餉其分解南北海防已不及半若再有意拖欠必至貽誤事機（請催海防經費）

卞長勝等七人由駐京公使巴蘭德之兄予告提督巴蘭德商明兵船派入斯邦道弟四營交哨官德羅他延師指授旋因卞長勝王德勝朱耀彩三人氣體稍弱改派博洪廠習藝三年春調赴維廉士哈芬海口學習水師復調溪耳海口四年春因卞長勝朱耀彩性情較浮先調回華楊德明查連標袁兩春劉芳圃四弁仍在斯邦道步隊營內每歲由該軍總統帶赴王宮宴會弟一年先習練手足及演槍各法兼習德語弟二年隨看林操所演迎敵設伏及繪地圖排演各法弟三年習演帶排隨同林操兼習文書上年十月另延哨官西鐸教授佈陣各法今年期滿臣令展限詳考一哨調度各法六七月間又各備馬隨同砲隊大操以觀配搭步隊相濟爲用之制除王得勝仍留柏林學習楊德明攻苦成疾暫留就醫其查連標袁兩春劉芳圃三弁由李鳳苞咨送回華查連標等洋文旣未童習强記力學所習步隊頗已完備現擬於親軍營內挑選哨隊交該弁等教練并令新募德國兵官漢納根督率考究日後將學成者分派各營教練漸次擴充成效必多（武弁回華教練）

總理衙門籌議海防經費摺內稱土耳其所定八角台鋏甲船兩隻已電詢出使大臣李鳳苞查明如未出售而價不甚昂自應購備臣接李鳳苞電

報言前議定購英國兩船英官轉售實價共英金五十四萬三千三百八十磅合中國銀約二百萬餘兩兩船一名柏爾來一名奥利恩出洋學生劉步蟾在英時曾上該船閱過甚堅固合式惟海防經費以各省關報解甚微積存無多若機會一失中國永無購鐵甲之日現擬通融辦法福建奏明定購蚊船四隻碰船二隻約需銀一百卅萬兩似可暫緩購置即以此款先買鐵甲一號查戶部原撥福建稅釐應解南北洋約四五十萬去年部議准其截留原爲經營臺防起見既據李鳳苞函報柏爾來一船交價後即可赴華臺防尤爲急需擬請敕下福建將軍督撫於稅釐項下籌撥船價合之原有的款先湊成一百萬兩臣尅期滙付以便船價兩交奥利恩一船據稱須一年後交領亦可分期籌滙價銀俟該船到華臣當與南洋大臣會商調派請敕下船政大臣豫派管駕及輪機生徒舵水等六十人赴英隨同洋員在船歷練造就人才尤爲急務駕駛雖有學生肄習而司軍火司帆纜司機器及管事航水等亟宜由練船學堂認眞教導挑選源源濟用（議購鐵甲 光緒六年）

丁提督汝昌督率現有礮船會同新延英國水師兵官哥嘉認眞操練



光緒元年部議撥南北洋各二百萬及今五年受款當不下千萬詎知議撥以後未幾而抽分洋稅一半抵還西征借款矣未幾而另立招商輪船貨稅名目改解部庫矣又未幾而議准廣東釐金截留本省福建稅釐留抵臺防經費矣部臣止議抽撥未議添抵至外省視海防無足重輕如廣東江蘇福建三省釐金未解分毫浙海關洋稅自另立招商局稅名目後亦未解分毫其浙江江西湖北三省釐金及各海關四成稅實解北洋者每年不過卅餘萬兩添購利器添練勁旅之志多成畫餅近奉籌撥東北邊防解歸部庫之諭指撥各款有與前撥北洋防費准軍專餉相同者各省財力止有此數部餉處分綦嚴北洋岌岌難支（海防經費 六年）

吉林黑龍江腹地如嫩江松花江皆灌輸於混同江而出東海江岸下游大半爲俄人侵佔舢板長龍地埶不宜設廠造小輪船則目前切要之圖廣東紳士江蘇試用道温子紹究心格致之學在粤局製造往往自出心裁應請飭兩廣督撫臣轉飭温子紹酌帶造船得力工匠并將粤海關監督俊啟上年代購神機營設廠之機器由海陸

運吉以資創設（吉林籌防）　前議購船現據電報當中俄交涉喫緊之時英不肯售擬令訪求新式尅期在洋廠訂造現計閩省解存上海及部撥出使經費約一百一十萬又南洋擬購碰快船之六十五萬以抵兩鐵甲船價所短不過數十萬現擬訂造之船閩省南洋各分一隻北洋應再定造二隻有兩淮鹽商報効銀一百萬又請提招商局三屆還款約一百萬訂造鐵甲（後准商百萬部議止准四十萬）　俄事漸形決裂請催海防經費（六年六月）　籌議朝鮮武備（六年九月）　妥籌朝鮮造器練兵勸令來學并勸令通商西國（六年十月）　定購之碰快船取名超勇揚威派丁汝昌并總教習洋員葛雷森督同管駕官林泰曾章師敦鄧世昌及弁兵舵水等二百餘名赴英驗收駕駛回華（六年十一月）　李鳳苞日意格所帶出洋學生卒業其製造如魏瀚陳兆翱鄭清濂林怡游開採鎔鍊如羅臻祿林慶昇駕駛如劉步蟾林泰曾蔣超英方伯謙薩鎮冰頗爲優異（七年）

答覆朝鮮所問事宜（七年二月）　光緒元年奏請試辦磁州開礦旋因運道艱遠而中止聞灤州開平鎮煤鑛頗旺飭候選道唐廷樞往勘攜回煤塊鑛石分寄英國化學師鎔化試驗三年八月檄飭開辦因股本難集專力煤礦後勘得開平西南十八里之唐山多煤四年鑽地探試得有高煤六層足供六十年之用五年購辦機器接西法開二井一井提煤一井貫風抽水六年九月議由蘆臺鎮東挑河七十里爲運煤之路河頭接築馬路十五里直抵礦所七年二月興工五六月可一律告蕆前因事端宏大難遽就緒未經具奏今成效可觀理合具陳（開礦）　中國稅則洋煤每噸稅銀五分土煤每噸稅銀合六錢七分二釐沈葆楨基隆開煤奏准每噸徵稅一錢較洋煤業已加倍湖北開煤准照臺灣稅則懇准開平煤照臺灣湖北之例每噸收稅一錢（開平煤稅）　李鳳苞在德國伏耳鏗廠定造鋼面鐵甲一隻新式價昂配克鹿卜十二寸口徑後膛礮四尊八九寸口徑礮二尊加配雷艇電鐙連珠礮魚雷囊網等件四艘數已至少將赴英廠另造其價稍浮約合三百四十一萬以外現僅得有著之款一百五十萬淮商捐項六十萬兩請勅戸部全撥并撥川鹽局卅萬臣再通期續造（購造鐵甲七年四月）
創設公司名曰肇興赴英貿易（七年六月）　增删巴西條約（閏七月）　天津機器兩

厰皆經營海軍要政一在城東賈家沽名東局分造火藥銅帽鎗礮子彈水雷等一在城南海光寺名西局分造軍用西洋器具添配礮項物件兼造開花子彈上年造成行軍橋船一百卅餘隻近又造成螺輪船二隻皆不藉師傅自成利器機器局　丁汝昌葛雷森督帶官弁二百餘名在英埠試驗超勇揚威船礮會紀澤親引龍旗懸挂升礮英官賀者卅餘人七月放洋啟程八月抵香港九月抵大沽臣於十月初一馳往驗收即乘船展輪試行大洋遇近年罕有之颶風弁兵操作如常駛抵旅順察看形埶險要其旁黃金山臣前委德弁漢納根修築礮壘工程將竣起椗逆風旋抵大沽每點鐘行十五海里不及六時駛七百餘里此船誠為出奇新式其妙用有三船小礮大行速也快船回華　請裁金州艇船七年十月　船政生徒初次選卅八出洋已拔尤錄用今續選前堂學生八名後堂學生二名出洋肄業撥經費十萬兩交李鳳苞收支并請會紀澤督率照料後堂學生有許兆箕等四名經臣調充水師學生教習及威遠練習教練水手礙難出洋餘俟選擇得人續派前往續選學生出洋　七年五月美國水師總兵蕭孚爾來津面稱上年領兵船赴朝鮮投遞國書欲與結約通好朝鮮拒不納今奉該國密諭求臣轉達并出示該外部原函臣屬蕭孚爾留津緩待機會六月聞朝鮮副司直李應浚賫文來津即令關道鄭藻如勸朝鮮派員赴津與蕭孚爾商議朝鮮國王派領選使金允植帶領學徒來津又別遣去冬使員卞元圭赴保定謁見據稱國中議論不一求大皇帝作主何如璋書稱朝鮮遣使赴日本修改商稅日本不允欲於明年派使來津與美摠兵蕭孚爾晤商如能與美結一善約日本亦可仿照定議與臣所見相同該陪臣等面承國王密諭專望臣隨機指教臣當多方調護保玆屬土密議朝鮮外交十二月　朝鮮參議金允植率領學徒六十九員來學製造十二月　商定朝鮮與美國約稿并請旨派候選道馬建忠前往會辦八年三月　上海設局試辦織布機器派江蘇補用道龔壽圖專辦官務候選道鄭官應專辦商務又派郎中蔡鴻儀主事經元善道員李培松會同籌辦延聘美國織布工師丹科就中國花性改製機器開辦織布局　朝鮮定亂安置李昰應於保定八年八月　電報改歸官督商辦八年八月　鄧承修請派知兵大

員移駐烟台以備不測議覆報聞　諭旨責令通盤籌畫覆稱必合樞臣部臣
疆臣同心經營數年方有成效自強要圖宜練水師（八月）　英德踵美往朝鮮議
約國王卽屬馬建忠稟派熟悉商務公法之員幫辦交涉事件（八年十月）　代朝鮮
聘德人穆麟德襄助關務派遣候選中書馬建常伴往　朝鮮請撤回生徒設
局自行製造（十月）　妥議朝鮮通商章程首章聲明此次所訂係中國優待屬邦
不在各與國一體均霑之例　弟一號鐵艦名曰定遠弟二號曰鎮遠定遠本
年正月工竣三月開駛來華鎮遠則須本年十月工竣其原擬續造鐵甲二艦
一時無此巨款今查英法德所造穹面鋼甲快船連克鹿卜後膛大礮三尊約
價六十三萬餘兩實爲海上戰巡利器當卽電屬李鳳苞訂購（鋼甲快船）　旅順爲
奉直兩省弟一重門戶必濬淺灘必建大船隖必造庫廠必分築礮台應由臣
督飭各員隨時隨事核實勘辦（旅順防務九年二月）　法使寶海商定越南交涉議定兩
國派大臣會辦越南國王派員隨同妥商會法國外部易人頓翻前議（九年二月）
李鴻章回籍葬親賞假兩月三月廿五日以法越事棘起用李鴻章前往廣東



督辦越南事宜四月初七諭令駐紮上海統籌全局　張佩綸到津傳旨詢問
法越事宜覆奏關外進止機宜應悉委之岑毓英進退戰守惟利是視不爲遙
制前敵各軍事權散漫應請將黃桂蘭趙沃劉永福各軍均歸岑毓英節制徐
延旭飭令在關內外屯紥浙江臬司李秉衡公廉有威請與國英對調俾與張
夢元簡練軍實以免撫臣回顧（九年十一月）　威海最宜操練舟師現飭丁汝昌統
帶蚊快各船與英將琅威理常往操巡道員劉含芳帶領魚雷學生與德將哈
孫常住操習朱慶添募四營扼旅順營口曹克忠選募六營扼烟台威海（十二月）
　定購克鹿卜後膛過山銅礮一百二尊哈乞開司六響後膛快槍五千枝毛
瑟後膛步槍五千枝約共價銀四十餘萬（光緒十年正月）　法越事自光緒七年以後
曾紀澤與法外部沙美拉古費理等總理衙門暨臣與法使寶海脫利古等往
復辨論均無成議逮山西北甯失陷法燄大張和局幾不能保兹幸由法人自
請講解迎機勸導漸就範圍使數年膠葛不定之議得一結束之方天下幸甚
議定法約（十年四月）　上諭法人將以兵艦北來意圖要挾李鴻章當力籌戰備覆奏布

置防務情形法艦北來度不過游弈海上大船不能進口在越南法兵開止一萬數千不能全數移調當可設法鏖戰（力籌戰備 閏五月） 津沽至蘆臺樂亭昌黎山海關經營口直達旅順爲北洋扼要之區天津大沽北塘前已由官設線自北塘至山海關四百餘里暫設單綫過河之處購用水線需銀三萬兩刻期蕆事（山海關電線） 遵旨恭呈沿海設防圖說（閏五月） 電旨飭撥兵船援剿台灣丁汝昌前奏明督帶蚊快各船扼守旅順適李鳳苞僱募德國水師總兵式百齡到津南北花旗之戰曾爲美國帶船打仗該員願帶兩快船前往林泰曾等均樂與共事因令尅日開駛（洋將援臺 九月） 南洋五船聞管駕未盡熟習風濤沙線請飭與式百齡聯絡商辦 光緒六年七月奏請於天津建設水師學堂今年春秋兩季飭羅豐祿邀同英俄水師兵官到堂會考僉謂歐洲學堂所留以俟上練船後指授之學此堂均已預課開堂三年著有成效請援案奏獎（十一月） 覆奏烟台旅順海面太寬須有大枝水師方可阻遏敵船海岸不能遏敵（十二月） 十年冬十二月朝鮮之變竹添陰助亂黨而朝王亦難免開門揖盜日兵先發難



端華軍亦乖投鼠忌器之義茲幸法人效順倭亦就範議定三條一定兩國撤兵日期二中日均勿派員在朝教練三朝鮮若有變亂重大事件兩國或一國要派兵應先行文互相知照（與日本議朝事 十一年三月） 曾文正挑選幼童出洋一百廿名均於光緒七年回華頭批廿一名均送電局二三批內由船政局上海機器局留用廿三名餘五十名分撥天津水師機器魚雷水雷電報醫館等處學習在洋病故及因事撤回廿六名十一年二月請獎 法越條約赫德與法外部電商辦理酌改多處復請飭赫德丁韙良妥校正（四月） 周盛波盛傳稟請設立武備學堂委德國兵官李寶崔發祿哲甯邦珀博郎閩士等作爲教師選派繙譯擇弁官精悍靈敏者百餘名入堂肄業（創設武備學堂） 展接朝鮮電線 駐朝慶軍移駐旅順 直隸每年約收四百五十萬兩約支四百六十萬兩淮軍餉約收二百餘萬兩約支二百廿餘萬兩海防經費約收五六十萬兩防費歲需七十餘萬兩船隖工費約百萬兩鐵甲快船雷艇月餉在外（出入清單 七月） 續選船政前堂學生十三名藝徒四名分赴英法德各官廠學習製造另選後堂學生

九名專赴英國水師學堂鐵甲兵船學習駕駛派福建候補道周懋琦爲監督
仍用日意格爲洋監督（十月） 定遠鎭遠兩鐵甲濟遠鋼甲快船陸續到沽丁汝
昌周馥前往驗收臣於十月十二日乘坐定遠督同鎭遠濟遠各船展輪出洋
駛抵旅順履勘兩岸台壘十四日起椗回津酌留德國員弁教練（驗收鐵甲快船十月）
諭派爲全權大臣與法使戈可當議定滇越陸路通商章程議定出口貨照
稅則三分減一進口照稅則五分減一將來各國修約加重進口減輕出口可
發端於此又載明洋土各藥均不准販運買賣（法約十二年三月） 自光緒元年籌辦
防務以來天津之大沽北塘南北兩岸及石頭縫蟶頭沽青蛇寺小站等處山
海關之甯海城鐵門關長龍岡奉天旅順口之黃金山饅頭山嶗嵂嘴老虎尾
蠻子營母猪礁等處擇要建設臺壘購置巨礮現定月支礮費（十二年四月） 山東
淄川縣榭木溝等處有鉛鑛請飭張曜速籌試辦（十三年四月） 威海南北各口必
須分築大礮台十餘座乃可憑以扼守徧山石骨嶙峋先須鑿石塡坡翻山運
土施工極難無款可籌祇有裁減綏鞏軍馬隊兩營步隊一營以所節月餉彌



補工用（威海辦防閏四月） 十二年四月醇親王巡閱北洋親赴武備學堂查勘課程
奏稱規制嚴肅各生徒於陸路槍礮台壘之法童而習之長令入營帶隊必得
實用將才自日出不窮等語查今之統兵將領皆屢立戰功已擢顯職年力漸
衰後起材武之士全賴學堂甄拔若不予以升階不足資鼓舞開風氣（學堂請獎）
朝鮮遣使西國與約三端一初至由中國大臣挈赴外部一讌會交際應隨中
國大臣之後一交涉大事先密商中國大臣核示（十三年十一月） 湘淮營制額設長
夫一百八十名現擬暫裁六十名奉旨著照所請今部議通裁九十名每年節
餉僅數萬兩所得甚少所關甚大請仍遵前旨暫裁六十名實難多裁（湘淮軍長夫
十一月） 漠河金礦往年俄人越境開採光緒十一年派兵驅逐據出使大臣劉
瑞芬函稱俄國官商仍思集股採取經恭鏜奏派候補知府李金鏞前往查勘
擬定章程十六條其中自備輪船開通陸路募兵保護招回流民四條於邊防
尤有關係現集股本廿萬先行試辦所獲餘利除開支局用官利外當以十成
之三呈交黑龍江將軍報充軍餉平度州礦局工師美國人阿魯士威可往開

工李金鏞可總辦礦務（漠河金礦 三年十二月）十一前在英德船廠訂造快船四號英廠
二號曰致遠靖遠德廠二號曰經遠來遠奏派琅威理并管帶官參將鄧世昌
等於十三年二月出洋接收另僱西員八名幫同管駕計四船共留洋員十三
名餘皆遣撤回國每船每月支銀二千五百廿兩（快船餉章 十四年二月）　籌撥朝鮮電
報月給銀七百兩　製造遇順輪船開濬旅順口內西澳爲海船停泊之處（四
年八月）　新購魚雷快艇合價八萬五千九百餘兩由琅威理等拖帶到華由存
款息銀開支七萬八千餘兩不敷七千餘兩由北洋防費勻撥月支薪餉銀五
百六十一兩均在北洋防費項下撥給　新購挖泥船疏濬河道價銀二萬八
千餘兩機器牀與運華水脚合銀四千四百餘兩由南捐項下撥付其常年經
費每月五六百兩歸支應局支發　滇越邊界中法接線（十四年十一月）　十二年四
月醇王巡閱北洋疏稱陸軍將領雖屬可恃猶以分布各隘力量未厚爲言又
言師船兵力尚單全恃陸軍礮台以爲固臣查目前餉力極絀所有大宗船械
自應照議暫停（十七年八月）　德廠新式快放礮每六分鐘時可放至六十出之多



其力可貫鋏數寸北洋鋏甲快練各船礮位當時雖稱新式但校現時快礮實
覺相形見絀遇有緩急實不足恃請購鎮定二船快礮十二尊（廿年二月）　創立醫
學堂（五月）　自光緒十四年後我軍未增一船（覆奏海軍統將 七月）　前後所用西人如
李邁協日意格德璀琳金登幹漢納根哥嘉葛雷森琅威理哈孫式百齡李寶
崔發祿哲甯那珀博郎闆士畢德格福世達等皆盡其力能文武有立其海軍
用丁汝昌時多異論不知丁汝昌百戰宿將又迭赴英德駕船回華海軍管帶
皆閩廠學徒未歷行陣於中國舊將中求海軍統領無逾丁汝昌者汝昌殉難
後倭將與之對敵者至哀輯丁汝昌遺事流傳通國亦足知其敬佩矣（男闓生謹案以
上撰文忠事畧時所記）

男　闓生　謹編

門人　籍忠寅　邢之襄　校刊

桐城吳先生日記卷十六終

# 跋

先大夫爲學治事必有日記終身未嘗廢置雖暫輟而旋復迄病革而不休今自乙丑通籍前不可得見自同治五年丙寅迄光緒廿九年癸卯正月臨逝前六日閱時三十有八年大率皆備惟歲月既久前後未盡一致雖有排日紀事而條記所得不標日月者爲多　先公逝後不孝謹事鈔輯約分爲十二類曰經學曰史學曰文藝曰考證曰時政曰外事曰西學曰教育曰制行曰遊覽曰品藻曰纂錄凡十有六卷都四十餘萬言閱歲寫成藏之篋笥未敢輕以示人今又三十年同學籍忠寅亮儕邢之襄贊亭等乃糾集諸友醵貲舉而刻之非始願所能及也　先公之著作其大者書易經說及文章詩歌皆精心刻意所爲其平居論議政事學術大端則見於與人尺牘其平隲千古以來經史百家微言大義壹皆標列書眉學問源流具在於是已別錄爲羣書點勘尚未能盡刻行世至於日記大抵隨手簒輯偶記一時所感發非若覃精著述本末賅備者比也然　先公日記體裁不紀日常細故不載瑣尾末節必有關天下古今



之大而後著筆而於西政西學中外維新之化尤兢兢每有見聞勤加迻寫不憚煩委大抵汰麤存精刪繁撮要積累三四十年之久巋然自成鴻製當時自視或非過加鄭重而由後世觀之皆學海之菁華也顧　先公平生不自滿假雖文章經籍皆禁傳播刊布誥誡森嚴況此叢殘之稿未嘗加以釐定者乎今之刊刻固大違　先公之意而編次之本末先後詳畧輕重不無淩越失次未能盡合義例之宜又不待言已然而海內學子承風愾慕喁喁佇望之已久固非不肖之孤所得過抑而私閟之者也剞劂既竟謹附識槩畧於後以諗來者

戊辰五月不孝男闓生謹記

桐城吴先生日记 /（清）吴汝纶著. —北京：中国书店，2012.6
（中国书店藏版古籍丛刊）ISBN 978-7-5149-0339-3

Ⅰ.①桐… Ⅱ.①吴… Ⅲ.①杂著—中国—清后期—选集
Ⅳ.①Z429.52

中国版本图书馆CIP数据核字（2012）第076106号

ISBN 978-7-5149-0339-3

中國書店藏版古籍叢刊

桐城吴先生日記　一函十册

作者　清・吴汝綸著
出版發行　中國書店
地址　北京市琉璃廠東街一一五號
郵編　一〇〇〇五〇
印刷　北京華藝齋古籍印務有限責任公司
版次　二〇一二年五月
書號　ISBN 978-7-5149-0339-3
定價　五〇〇〇元

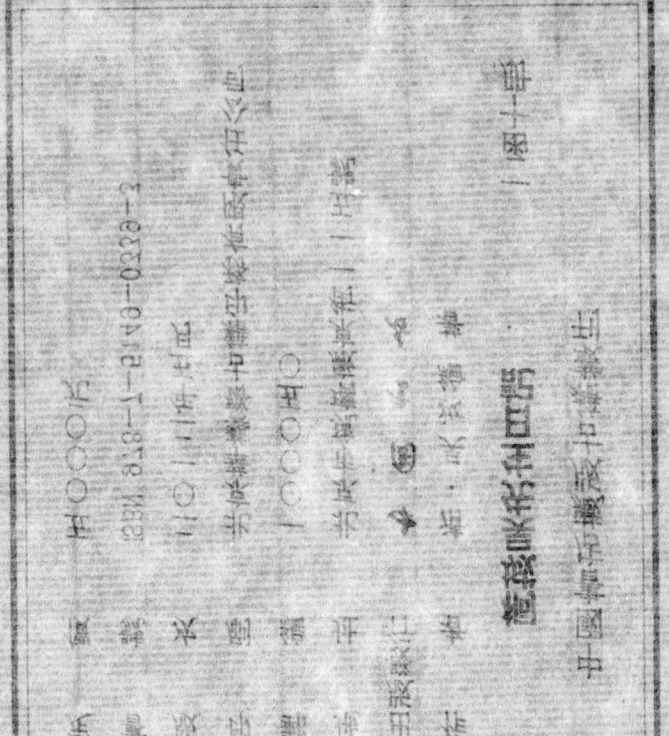